麦浪漾起的村庄

召唤 著

北京日报出版社

图书在版编目（CIP）数据

麦浪漾起的村庄 / 召唤著. — 北京：北京日报出
版社，2023.1
ISBN 978-7-5477-4317-1

Ⅰ. ①麦⋯　Ⅱ. ①召⋯　Ⅲ. ①散文集—中国—当代
Ⅳ. ①I267

中国版本图书馆CIP数据核字（2022）第254493号

麦浪漾起的村庄

出版发行：北京日报出版社

地　　址：北京市东城区东单三条 8–16 号东方广场东配楼四层

邮　　编：100005

电　　话：发行部：（010）65255876

　　　　　总编室：（010）65252135

印　　刷：北京军迪印刷有限责任公司

经　　销：各地新华书店

版　　次：2023 年 1 月第 1 版

　　　　　2023 年 1 月第 1 次印刷

开　　本：710 毫米 × 1000 毫米　1/16

印　　张：13.5

字　　数：180 千字

定　　价：62.00 元

目 录

散　板

麦 收

布谷鸟只叫了几声，麦梢就黄了，跟着黄的，还有乡野里的麦芒风。

麦熟一晌，谷熟一夜。人和日子都忙碌起来，悠闲的只是隔壁那条跛腿黄狗。黄狗似乎老是在草垛根儿打瞌睡。一只阳雀儿在不远不近的地方叫唤。黄狗似乎被唤醒，就半眯了眼，望着某个地方——鸡们正在抢食一枚刚从树上落下的苦楝果。黄狗便一颠一颠地跑过去，那跟着的风抑或被带动的风，也黄亮亮地跛起来，有一阵无一阵地刷在身上，刺刺痒痒，焦辣火淬的，像被什么冷丁儿刺了一下。

像什么呢？

"麦芒风。"

父亲望了一眼黄天黄地的风，一下就把话说穿了。

乡下人大都没喝多少墨水，但却能打出诗一样的比方。你想，麦芒，尖，脆，利，就像淬了火的钢针，这样焦枯的风一滤，麦子不熟才怪哩！

父亲骑在门槛上，开始霍霍有声地磨割麦的镰刀。其实，这时候的父亲已经开启了割麦的第一道工序。

磨刀不误砍柴工。村人都很看重磨镰刀，都说镰刀的利钝是麦收成败的关键。磨刀，是一件细活儿。可这细活都是由五大三粗的男人来做。每家每户都是。磨刀，其实也是一种劳动，一种看似动作机械、呆板、简单、重复，却需要膂力、腕力和韧性的活路。麦收时节的男人们，不管多粗多糙的秉性，只要撩一捧清水蘸在磨刀石上，心气神就会沉淀下来，那双老茧又长新茧的手呢，也变得灵动起来。他们就像自己的女人绣花似的磨着镰刀，磨啊磨……磨了正面磨反面，磨了刀尖磨刀刃，一气儿要磨完一季麦收的镰刀才肯收手。刀锋利不利，全靠拇指试。尽管拇指有一层厚厚的茧花，可一旦勒进刃锋，就如试电的试电笔有了感应。眼花了，看不清刃锋，没事，就闭上眼，用气一吹，那从锋口上跌落的哈气竟是一粒粒金黄饱满的麦子，再睁眼，你就会看见，冗长的日子被拦腰斩断，麦香就杵到鼻尖了。

麦子开镰了，可隔壁的四叔还没回家。四婶就请父亲磨镰刀。四婶拿走磨好的镰刀时没忘丢一句："老哥家什么时候开镰，我去换一天工呢。"父亲一笑："看隔壁左右的，把人都说生分了。"

跛腿黄狗摇着尾巴护送四婶回家后，又转身蹲在草垛根儿，眼巴巴地望着门前的那条羊肠小路，和随羊肠小路上弯拐着的每一个人。当初，就是这条羊肠小路三弯四拐地牵走四叔的……四叔终究没有在黄狗的守望中出现。四婶干脆死了心，嗯，冤家，有你，我是收麦，没你嘛，就是衔，我也要一口一口地把麦子衔回家。没了指望，四婶就早起晚归，披星戴月。累死，也就这几天，没什么了不起的。

今年的麦子怪招人疼的，长得鼻子是鼻子，眼睛是眼睛的，像个待嫁的村姑，羞答答的，生怕抬一下头。四婶爱抚着她们红润光泽的小脸蛋，受用得怎么也不忍心下镰。有风秧子悠来，只一阵，村姑们就捂住脸子发出了窸窸窣窣的声响。四婶一愣，细听，似低泣。恍惚中，四婶仿佛听见了当年自己出嫁时"哭"的那首《哭嫁歌》："丢了亲娘，去喊假娘；丢了明镜，去照水缸……"一晃，嫁给老实巴交的四叔都快二十年了，这些年里，都是跟着男人土里刨命。四叔甘心，可四婶心不甘，为自己，也为男人，更为这个家。

有一天，四婶终于怂恿男人说："老盘这几亩田？"男人说："命里只有八合米，走遍天下不满升。鸡刨食，农民盘土，命哩！"她盯了一眼男人，摇了摇头，答非所问地说："村上男人都出门了，连'一把手'

也到武汉打工去了。""一把手"七岁那年爬树掏鸟窝不小心摔断一只胳膊，村人都叫他"一把手"。"前些年'一把手'到武汉一家建筑工地做保管，包吃包住，每月还能挣一千元的活儿钱哩。"男人一只耳朵进，一只耳朵出，没忘忙碌手中的活。四婶是个急性子，见男人不温不火的样子，就挑明说："你也出去吧，这几亩田我一人能盘下来。"四叔有些不敢信："你不稀罕我？""过腻了！"甩出这句话，就连四婶也吓了一跳。她好羡慕对河的翠芝啊，人家翠芝男人才像个男人哩，除麦收口子回来帮忙几天外，一年四季都在大地方跑世界，长见识，偶尔回趟家，该人家翠芝把男人像新姑爷一样地待。

那年，麦收刚挂镰，四叔就跟返乡麦收的几个汉子去了武汉打工，成了城里的农民工。四婶将一包刚出笼的新麦粑粑塞给男人说："不求你当官，不求你发财，只求你在外头长个见识，平平安安回家。"男人外出的日子，四婶才知道什么叫牵挂，这牵挂，令她滋生莫名的幸福和甜蜜，可有时却让她有一丝巴望不到的伤感，比如这回，人家的男人都回来帮忙麦收，她又尝到了失落和嫉妒的滋味。但反过来又想，男人在家不在家其实无所谓的，人家王寡妇这些年拖儿带女的，还不是过来了。对，没男人麦子照样收，只不过要比别人多花些工夫，多使些哑巴力气。工夫多的是，太阳落了有月亮，力气呢，也有的是，力气使尽了，打个歇儿，又来了……四婶忽地看见了窗外的月亮，像被谁削了半边，麦镰似的挂在天边，心里就涌起了莫名的惆怅。冤家，你怎还不回家？只要你回家，我横草不让你捡，竖草不让你拿，就是油瓶子倒了也不要你扶……我一日三餐地侍候你……哎——说不想你怎又去想你……冤家！

狗叫声是半夜里响起的，只一声，四婶就醒了，或者说四婶原本就没睡安稳过。接着是狗爪子抓门的声音，抓得四婶心头一痒一痒的。

四婶拉开门，月光就哗啦一声泼亮了屋子。男人正憨憨地立在门口，进不是，退也不是。

"还晓得回家……"

"回家割麦子……"

"麦子割你哩！"

麦香真像个人来疯，冷不丁就胀破屋子，随了月光银银盈盈地裹住了男人。男人心头一热，搂住了女人。

四婶身子一软，扑在男人怀里呜呜地哭了。

四叔从麦仓里抓一把麦子，很愧疚。四婶打来一盆水，放在场院的月亮地里："洗。"

夏天，乡下男人都是在自家的场院上洗澡。

"想我不？"四婶忽然问。

"想。连头发梢儿都想哩！"四婶就捶了男人一拳，心说，看这木头疙瘩也变得油腔滑调了，还是外面的世界好哩！

男人变得比以前开朗了许多，话多得镰刀都割不断。他先是讲国家的形势，说城里的老板再也不敢拖欠农民工的工资啦；再讲长江大桥有多长，每天的车流量是多少；还讲看见了好些外国人，说他们个个都是高鼻子，蓝眼睛，金头发；末了又讲黄鹤楼有多高多高。四婶忍不住插话："黄鹤楼究竟有多高？"四叔想了想说："打个比方，全村的麦秸垛摞起来也没它高大、雄伟哩！"

"雄……伟？"四婶不懂。

"就是比天都伟大，都了不起哩！"

四婶就望了一眼窗外的天，天，高高在上，除了飘着的几朵云和半弯镰月外，真是"高"不可攀。"天！外头竟有天都比不过的东西，啧啧啧……"四婶梦呓着，一头扎进男人宽厚敦实的怀里……

隐隐地，有隆隆的轰鸣声传来，那是村人们正忙着给小麦脱粒。

麦收如抢火。看来，这又是一个不眠之夜。

田 埂

田埂，是我再熟悉不过的，就像熟悉我手掌的纹路。

通常，人们总好把它比喻成羊肠小道，文雅一点的，美言为阡陌。其实，田埂就是田埂，说穿了，它就是放牛的老农随意扔掉的一根牛绳，是村姑田边解手不小心遗落的裤腰带。田埂，更像一根柔软的花线，很诗意地弯拐在广袤的田畴；它又像一把锋利的刀子，将原本一马平川的土地切割成错落有致的棋盘。行走在上面的，只配是光着的脚丫子。脚丫子跟田埂是天生一对姊妹，有一种天然的亲情。

田埂，从没有也绝不会拒绝它的同胞，总是在村口的乡野，随时恭候亲人的到来。脚丫子走在田埂上，那是一种肌肤与肌肤相互的抚摸，体温与体温的对流，血液与血液的渗透。这种肌肤之亲，就像缺了门牙的老娘站在屋山头唤胡子拉碴的儿子的一声乳名，真切、自然、随意。于皮鞋，田埂一向都是拒绝的，那是一种残忍加亵渎的践踏。

记得冬天来过，那时田野是光秃秃的，田埂也是光秃秃的，光光的脚丫子们来回穿梭在光秃秃的田埂上，尽管硌得生疼，依然不停地来回走动，不，那是奔命！你看，犁地的，撒种的，开垄沟的，打土坷垃的，砍柴火的……脚丫子把日影踢踏得斑驳陆离，却把日子打理得井井有条。

春天，好像是从脚丫子的发痒中苏醒的。在鞋和袜子的层层包裹里，憋了一冬的脚丫子又臭又痒，忍不得，就脱了鞋袜，来到田野，刚踏上田埂第一步，呀！一股生生的地气就蹿入体内，无来由地奔突开来。走着走着，就感到脚心有一股绿汪汪的痒，直往心窝子爬去……定神一看，脚丫子正支棱着几束毛茸茸的绿草哩。一场透雨和三两声蛙鸣，田埂可忙碌了：插秧的，甩秧把子的，赶秒子的，吆喝牛的，都在田埂上来来往往，没个歇。

当然，最忙的要数那些抛来抛去的栽秧歌了：

> 太阳当顶热难当，妹妹跟哥学栽秧。
> 栽秧有个栽秧歌，我来唱歌妹妹和。
> 栽秧要栽半寸长，苗儿长得肥又壮。
> 秧株整齐又要密，丰收才能有保障。

这边刚落，那边又起：

> 风吹秧草草林歪，风中插秧秧成排。
> 只听水响人劳累，唱个神歌精神来。
> 庙门个个朝南开，十八罗汉两边排。
> 三宗佛爷当中坐，观音打坐莲花台。
> ……

牛们听了就会伸长脖子，朝空旷的田野"哞——哞——"叫唤，然后像反刍青草一样反刍这青嫩的歌子，身后呢，就忘形地透迤出一泡比田埂还要长的热尿。沉沉的牛蹄踩上去，无意间给田埂盖上了深深的八卦印章。这一枚枚八卦印痕是牛们馈赠给田埂的私章，也是留给田埂的疼。

有一天，这疼，就结成了一个个疤痕，一块块的痂，就像我们从娘胎里带来的胎记。下雨天，疤痕就成了农夫脚下的"抓手"，有了"抓手"，不管肩上的担子多沉，再窄的路走得也顺溜，再深的沟壑也能逾越。

时常，牛蹄窝里会汪满了水，过上几天，这牛蹄窝就会生出一株稗草或是苦荞什么的。还有一点是不能忽略的，那就是田埂上有煞风景的一坨坨牛粪。自然，不管脚丫子们怎样小心翼翼，仍有一脚踩上的。不过没事的，将糊满牛粪的脚伸到秧田里来回摆几下，就净了。不定哪天再去，那一坨坨残缺的牛粪就会绽出一朵两朵野菊花，跟别处的比，却出奇地鲜，分外地艳。嗬！这有煞风景的东西居然长出了好看的风景。

　　人们常说的"鲜花插在牛粪上"，是世俗对美的不幸际遇的一种惋叹。而大自然总是同人的审美严重错位。常常，最美最艳的鲜花总是"插"在牛粪上。不是吗，在乡村的田埂上，到处都是牛粪"插"鲜花的古朴婉约的乡景。

　　突然地，父亲下不了地，双腿像灌了铅，沉沉地挪不开步子，只得整天整天望着门前的田野和把田野划成一块块格子的田埂，用意念去犁地、播种、间苗、打药、挖沟、收割……父亲的腿开始浮肿，接着脚丫子溃烂，母亲就捋来一把柳叶，搓碎，将柳汁涂抹在他的脚丫子上，仍不管用。父亲知道自己大限已到，就要母亲用板车将他拉到田头。当半月没下床的父亲双脚赤裸裸着地的一刹那，竟推开搀扶着他的母亲，稳稳地立在田埂上，随后，一步压着一步地走去，向田野……

　　地气通脉气。父亲一定是被地气激活生命的。回到家，父亲睡了一个安稳觉后，就走了……脚——我看见父亲那双龟裂的大脚板，皱褶着他一生的劳作和苦难；那脚丫子和趾甲缝里的泥垢已长进肉里，成为精气，嵌进生命。

　　真不敢想象，没了地气，生命就会成为一粒瘪谷。去田埂走走吧，最好是光着脚丫子。田埂，会让你顿悟生命的宽度和逶迤；地气，会使你感受生命的鲜活和质地。

草垛

在乡村，每家每户都有的，或骑在屋山头，或蹲在禾场，或堆在院后。不同的是，有大有小，有高有矮，有长方形的，也有椭圆形的。不管它们怎样神态各异，但都同有一个乳名：草垛。

草垛，不是随便能"堆"的，先要择一个既通风又向阳的地方；再就是打脚基，脚基打得牢，根就扎得稳，垛就正，耐得住风吹雨淋。草垛，人人会"堆"，但不一定都"堆"得正、稳、高。

瘌婶是村里草垛"堆"得最好的，赛过男人，人们就说瘌婶是个草垛精。

其实，草垛，就是乡村的一个符号，就像我们码字每天必用的一个个标点。但它更像一位丧失体力的盲婆，没日没夜地枯坐在屋山头，一边打着盹儿赶走晒谷场上的麻雀，一边替下地的儿女们看家。而我们，却常常忽略了它的存在。

草垛，打它兀自露宿外头那天起，就没人理睬过。偶尔有人过去，无非是去拉灶膛的"引火柴"，或是去采摘枯树菀上的"洋木耳"，或是在草窝里摸野生的鸡蛋，或是去刨钓鱼的蚯蚓做诱饵。当然，那些狗们是没少去的，不是去打瞌睡就是吊起一只胯子撒尿；鸡呢，总是一而再再而三地赖在那里，用爪子刨食；最不知趣的，要属那头庞然大物黑水牛了，跑去草垛根儿拉一摊臭烘烘的屎不说，还死命地蹭痒痒，蹭啊蹭，越蹭越痒，越痒越蹭，没几下，草垛就给蹭塌了、散了……一股子草香混杂着霉味弥散开来，熏得黑水牛打一串子响鼻，又冲着天"哞——"

叫一声，就唤醒了一村子的鸡飞狗跳、人欢马叫的烟火气。

恐怕连老天都不敢相信的，草垛根儿竟会发生一些花花草草的事。说村上的会计跟木匠的老婆钻进草垛，做了见不得人的事，不巧被木匠抓了个正着；说邻村的某某经常夜里跑来村子跟某某在草垛根儿幽会；还说还说……多着呢！总之吧，这些挑不上筷子的绯闻，把耳朵磨出了茧子，也没见什么大事儿发生。日子照样像往常一样过。待人们把这些事抛到脑后，冷不丁，也不知是哪一夜，好像是个月亮天，反正天上没几颗星星，只有萤火虫在草垛根儿忽闪忽闪的，就忽闪出了婴儿一溜亮汪汪的啼哭。上茅厕的瘸婶听了，来不及系裤带，就屁颠屁颠跛去，说，"砍脑壳的，狠心哪！说，这是谁身上掉下的肉，怎么舍得扔哪！"瘸婶满村子拍门打户地喊了一夜，也没人认领。村人们都说这是个私生子，要不得的。瘸婶说："砍脑壳的，站着说话不腰疼哩，这娃子是草垛生的，我要！"瘸婶就给娃子取了个名：草垛。不知不觉，瘸婶将草垛踮跛大了，草垛开始在草垛根儿帮衬瘸婶扭草把子了。时不时地，草垛会问："娘，你为什么给我取这个名呢？"瘸婶背靠着草垛，有一束无一束地续着草秸，说："你本来就是草垛生的。""嘻，草垛还会生人，那娘呢？""娘也是草垛生的。"瘸婶拧完一个草把子，又在身后拖一束草续上，说："吃五谷杂粮的，都是草垛生的哩！"

草垛看不清娘的脸，娘的脸和头上的白头巾都被扬满了草屑和灰尘。娘一声声的咳嗽，吐出的痰又黑又糯，像坨黑泥巴。零零散散的光阴就在娘满是老茧的手里皱巴成酽酽的日子，然后又随了大骨节的指缝间漏掉，盈盈地袅娜成一脉生生不息的烟火。

不知是冬日，抑或是春天，人们开始倚在草垛根晒太阳，说一些无油盐的话，扯一些不太相干的人和事。但不管怎样说三又道四，都没有谁肯闲了手的，好像双手不做点什么就痒。于是就开始将扎秧草、绞草要子、扎赶秧雀子的稻草人。手刚开扎，可嘴又管不住了，就唱，唱扎草人的歌子：

> 提捆稻草来搓索，扎个草人赶秧雀，
> 先扎身子后扎脚，扎了双手扎脑壳，
> 脑壳上面戴斗笠，斗笠是个活家伙。
> 两只手，拿根棍，棍子两头吊根绳，
> 绳子上面吊把扇，风吹扇摇像活神；
> 草人扎在秧田中，吓得雀儿飞不赢，
> 一飞就是几丘田，再也不用人劳神。
> ……

栽秧割麦两头忙的当口，村人恨不得胳肢窝里也长出两只手来，就将草人们派上用场，草人们神态各异，稳稳地立在田头，忠实地履行着自己的职责。

草垛天天上学要路过田头，都要停下跟草人们说一会儿悄悄话，想一想娘在草垛根儿对他说的话。没几年，草垛考上了大学，村里人都说私生子聪明，草垛精在草垛根儿捡了个大元宝哩！当然，只是背地里嘴上说说，心里却认为瘸婶她一生也够不容易的。

后来，草垛在城里成了家。再后来，草垛回老家时就带了儿子小草垛。每次回家，草垛总是看见娘赖在草垛根儿拾掇着什么，黏糊着草垛，就好像娘只跟草垛子亲呢。

草垛最后一次回乡下老家时，娘没了。自家的草垛，还有村子里的那些草垛，也没了。草垛的心，一下空了。草垛就牵着儿子小草垛来到草垛的脚基前，只见湿湿的脚基上支棱着密密匝匝的草芽芽，白生生的，泛着绿。

"爸，你为什么老叫我小草垛呀？"儿子举着一根绿芽芽。

“因为你是大草垛生的。”

“那爸呢？”

“爸也是草垛生的……”草垛鼻子一酸，忽地想起儿时娘常跟他说的一句话：“儿子，吃五谷杂粮的都是草垛生的哩！”

某一天，我回到乡下老家探亲，一路上，我欣喜地发现，那些消失多年的草垛们，又一垛一垛地立在了田间地头或房前屋后。这些高大、壮实、饱满的草垛，像大地上升腾起的金色火焰，点燃了烟火人气，点燃了世间乡愁，也点亮了乡村的美丽、殷实和丰饶。

犁　地

父亲说，他是十二岁那年冬上开始学犁地的，个子还没得犁尾巴高。

那时，害痨病的祖父总是咳喘得厉害，风都吹得倒。怕熬不过这个冬的祖父，就吆上牛和他的长子下田。祖父扛不动犁，又不忍让没犁尾巴高的儿子扛，就套上牛轭头，驾了空犁，一路叮儿咣当地拖着来到了田野，犁尾巴就成了祖父的一柄拐杖。

风，干瘦干瘦的，像刀子打在脸上，削皮刮骨地生疼。祖父坐在田埂上，又一声接一声地咳嗽起来。没等咳匀，祖父就一边咳喘一边教父亲说："快，套轭头！""什么，套哪里？废话！没吃猪肉还没看猪跑？""快！拴扣。右手扶犁，左手握鞭，田当中起垄。""对，就在这里下犁。"祖父"呔"的一声，牛、犁、父亲就歪歪扭扭地在田里迈开了极不规则的步子。

"记住，吼'呔'是走，喊'哇'是停。"祖父说。

父亲就用稚气十足的童音学着"呔"了一声，只见牛脖子一梗，使老劲向前一蹿，一个顿，犁就扎进土里，死啦！

"哇——"祖父大喊一声，说："两眼平视前方，犁把端平，犁深了，犁把就下压；犁浅了，犁把就上提。再来一遍——""对，朝前走，腰挺直，快，笔直走。"父亲忽地朝牛扬起了牛鞭，向牛抽去……"混账！"祖父骂道："你敢！它是你的老子！"父亲的牛鞭就僵在了半空。不知是祖父指点有方，抑或父亲生成是犁田使耙的命，只一锅叶子烟的工夫，父亲就掌握了犁地的基本要领。

"好样的，儿子！就这样……犁……"祖父又咳嗽起来，还"咕噜"一声咳出一坨浓痰。祖父这回知道大限已到，静静地坐在田埂上，没再吱声儿，哪怕是咳嗽一声，就这样静静地看着他的儿子在田野上躬耕也是知足的。祖父听见了一种"嗞嗞"声，那是犁尖与土地的呢喃，是天地之间的对话。冬眠的土地被犁尖深深翻起，僵僵的土坯一棱棱懒散地裸露着，像一溜溜瓦楞，寒风刀子样从土坯间旋过，不由得也把日子凛冽得直打皱。就在父亲收犁的当儿，黑水牛朝着天空"哞"的一声长嚎，天空就飘起了雪花子，扯天连地的，一会儿，地上就铺了一层洁白的盐。犁得正上瘾的父亲猛地想起了还兀自坐在田埂上的祖父。等父亲去叫祖父时，祖父早已"坐化"在纷乱的雪花里。那一枚枚六角形的雪花是上苍为祖父撒下的冥钱吗？

　　直到许多年后，父亲才明白祖父为何硬要在大雪天教他犁地。也就是从那天起，父亲一辈子没离开过犁尾巴，没走出这方格子组成的乡野半步。

　　看一个人耕整田功夫的深浅，犁一块水田，也就是栽秧田，就知道了。一般一块水田要经过三耕三拖的工序，最难的要属耖田。"提耖清水，拿脚无窝"。田耖得平不平，土糯不糯，看脚窝就成。父亲是犁地的好把式，犁、耙、碌、耖，样样捡得起，放得下，从不打人下帮。犁田耙地是门细活儿，容不得半点马虎，父亲常说，儿要亲生，田要深耕，功夫下得深，才有好收成。第一犁下去，心气神就得跟着犁尖沉到土里去，牛在前，犁在中，人在后，一犁挨一犁，一坯压一坯，不得心躁气浮，否则，犁尖就会打飘、"冒坯"。"冒坯"的地方就成了一块僵坯死土，不养籽，长的苗就是侏儒，结的籽就成了瘪壳。

　　种田要知牛辛苦，穿绸要知采桑忙。犁地，说穿了，最最重要的是跟牛的配合。谁要是轻视牛，动不动就鞭打牛，心气神就难沉定，牛也就会乱了方寸。其实，人跟牛原本都是平等的，他们都同属动物，只不过称谓不同，一个是人，一个是畜生。虽然先进的机械化耕作早已取代了扶犁牛耕的劳作，可单单就犁地来说，我总是希望人间乡愁，老是在锃亮光滑的犁尖上抑或悠悠晃荡的牛尾巴上，缱绻……我不敢想象，如果哪天田野上没了耕牛的身影，田野还能称其为田野？如果哪天土地上真没了牛粪，生长的五谷杂粮是否还养人？

真想，真想再犁一回地。

犁耙水响时节，我回了一趟乡下老家。一进村子，我一下子就被田野上躬耕图里的一幅景致吸引了：扶犁耕耘的竟是清一色的村妇。村主任告诉我，前些年，成本高，村民们不愿种田，都纷纷南下打工，撂荒了不少良田。打国家实行粮补后，种田热又开始逐渐升温，但精明的村人为了打工、种田两不误，妇女们就主动承担起了地里的一切农活……"其实，农民最怕的是失去土地，加之时下红红火火的乡村振兴，又点燃了村民们的信心，原先在城里打工的，又都争先恐后地归田，返乡创业，把土地当作金娃娃来捧哩！"村主任朝劳作的人群一指，"喏——许多男将们都回村下地了。"

……

几乎没怎么犹豫，我脱下臭烘烘的皮鞋，卷起裤管，冲下田里，一把夺过堂嫂的牛鞭，握住了整整分别了二十年的犁把。呀！这犁把上分明还留有我的体温和指纹。牛啊——我的老伙计，我们又见面啦！牛在前，我在后，犁，这古老而原始的农具将我们维系在一起。土地太伟大了，它能改变世上的许多东西，比如，就说这不会说话的犁疙瘩，一旦融进土地，就有了生命，竟成了人和牛沟通抑或默契的情感纽带。犁尖又吃进了土地，开始以它独有的惯性滑行。牛又近乎粗野地拉起屎尿来，四蹄溅起的水花、泥浆，还有草腥气十足的牛粪，就像父亲温热的巴掌，劈头盖脸地向我扇来。不痛，我一点也不痛的。父亲的巴掌可是世上最熨帖最温暖的疼爱啊！

牛、犁、人，三点一线，我们就这样行走着。是的，我们行走的姿势或者姿态未免有些独特，因为我们的身后不是脚印，而是一棱棱散发着阳光味道的泥浪，还有混杂着五谷杂粮的烟火气。人、牛、犁合翻的土地，着实地肥哩！不小心插一只牛角，就会长出一头牛犊；不经意遗下一粒籽，定会生出一片青绿和农人的盼头。

　　犁一回地吧，就一回，那将注定是你一生的福分。

跑暴雨

好像是最后一个麦秸垛刚收顶，残渣麦壳们也刚沤进水田当作有机肥，可腿上的泥巴还没来得及洗净，一抬头，天上就丢起了雨点子。起先，雨点子有一阵，无一阵，田这边有，田那边无。入暑天的雨，隔牛背，也隔田埂。风一叫，雨就稠了、大了，赶紧的，随手将担麦壳的空箩筐顶在头上，跑。雨呢，也跟着跑起来。等跑到屋檐下，脱了衣服，拧一把透着汗腥的雨水，雨，却住了。

这是乡村的暴雨，但村人从来不叫暴雨，也不叫文绉绉的太阳雨，都叫"跑暴雨"。

"逗秋十八暴，暴暴都跑到。"意思是说立秋前后的跑暴雨频繁，就像三个岁的小娃子，一会儿屎，一会儿尿的，说来就来。

跑暴雨一来，这会儿最要紧的是"抢暴"。夏天的稻场，除了碾场就是晒场，没有一刻闲着的。

麦子不进仓，心里就发慌。但进仓前得晒干水分，以便保存。今天又是个好太阳，把麦子摊晒在稻场上，中午再用木锨或竹耙翻个个儿，咬一粒麦子，咯嘣脆响，正好进仓哩。偏不凑巧，这当口老天冷不丁跑起了暴雨。"抢暴啊——"男女老少风风火火齐上阵，手忙脚乱地就地将麦子堆起来，再用草苫子丝丝入扣地苫成锥圆形。自家的刚抢完，又不请自到地跑去帮邻居"抢暴"，平日有什么口角隔阂的，一场暴雨就跑了个精光。等麦子一进仓，稻场下成河也不怕。不过，这时最要紧的是冒雨用绳子打围栏，以防人踩畜拱。跑暴雨后的稻场，总会无端地泛起一层泡泥，一脚踩下去就会带起一大坨，所以，得防护。但是围栏打得再牢固，夜里仍有脱缰的牛猪穿栏而过，将它们的八卦印章深深地盖在稻场上。稻场是打谷（麦）场，但更是各家各户的脸面，糟蹋不得的。

早晨开门，村街上就有了骂声："畜生！"不知是骂人呢，还是骂畜生，待跑到自家猪屋或牛棚一瞧，空的。就赶紧噤声，喊！说不准是自家的畜生所为，但有一点是肯定的，昨夜里自家的畜生一定也糟蹋了张三或李四家的稻场。哪家的畜生都有脱鼻子的时候。总不能老跟不会说话的畜生怄气吧。对，赶快趁雨过天晴担来糯性十足的泥土，在千疮百孔的稻场上打补丁。补丁是打好了，得整理平整才妥帖，就像熨斗熨平打皱的衣服一样；可是稻场没熨斗，不慌，就用现成的石碡代替。稻场和"熨斗"间得铺一块"隔布"，那"隔布"一定得是隔年的稻草，因为沉淀一年的稻草没了新稻草的张扬、霸气，柔韧而不硬碴，绵软而不脆弱，铺在雨后的稻场上，吸水却不提地气；那刚刚打下的新麦草飘飘然像个花花公子，一点儿也不"巴肉"。先将隔年的稻草一溜溜铺满稻场，记住，碾稻场的稻草一定得铺均匀，就像人寒冷的冬日盖被子，头是头脚是脚地盖严实，若藏头露脚、凸凸凹凹的，石碡就会在上面"打嗝"，碾出的稻场呢，就会成坑坑洼洼的麻子脸。

"呔——"牛鞭一挥，憨憨的石碡便听话地一碡压一碡地滚动起来。一向沉默寡言的石碡一旦派上用场就不安分了，总要"咯吱——咯吱——"地唱一路。自然，这是最好不过的伴奏，赶碡的老农嗓子就被挑逗痒了，你听，《赶碡歌》就从石碡下溜了出来：

跟着牛儿慢慢走呀，
跟着牛儿慢慢行，
举起鞭子我舍不得打呀，
一步一步也不停。

慢慢走来慢慢转啦，

石磙滚得多活泛，

稻场上就是要石磙转啦，

一年到头不愁饭……

卸下牛轭头和石磙，老牛屙下一泡热屎后，就静静地卧在老柳树荫下反刍。稻场还得在稻草被子下露宿一夜。翌晨，女人们用扬叉叉走稻草，让娇滴滴的露水太阳一淬，稻场上就布满了横七竖八的草印子，像极了好睡草席的赤膊男人背上的席痕花纹。如此结实的稻场，莫说跑暴雨，就是下刀子也不怕哩！

不知从哪天起，稻场上开始有娃娃们比赛着钓一种叫不出名儿的地米虫。娃们揪一根回头青或掐一截兰草，伸进米眼大的地洞里钓啊钓，不一会儿，米粒大的地米虫就会乖乖地被钓上来。玩腻了，娃们就会换一种方式，掏出小鸡鸡对着稻场边石磙两端的耳窝子，比尿柱子射程的远近和准头。就在这当口，老天爷又开始"跑"起暴雨来。娃们就一边撒尿，一边望着白晃晃的太阳唱：

出太阳，下白雨，

一下下得没的雨；

出太阳，白下雨，

一下下得没的雨。

……

嗬，雨还真的在娃们清鼻涕的童谣里"跑"没了。

这个夏天，不知"跑"了多少回暴雨，没人记得了，就像遗忘稻场边的那盘石磙一样。

早稻说登场就要登场了。老农就用木轭去毒日下套那盘晾了多日的石磙——咦！石磙两端的耳窝子，支棱着几根麦芽芽，探头探脑的，风一吹，尽是童子尿腥味哩。

　　这就是乡村。乡村的一场跑暴雨，竟会"跑"出这么多趣事来。

南洋风

我真不明白，这些不知蛰伏了多久的风，一旦张牙舞爪地复出，总是改不了惯有的暴躁脾气，火辣辣地爆炒着天，爆炒着地，催熟着大地上的农事和节令。

这风，不像春风那样缠绵多情，能梳织绵绵春雨，剪出行行燕阵；也不像秋风那样刻薄无情，所到之处尽是黄叶凋谢、老气横秋的景致；更不像寒风那样冷酷无情，凛冽得生灵和万物都龟缩着不敢露面。

一向土里巴叽的农民却送给它一个很洋气的称谓——南洋风。

我不知南洋风的祖籍究竟在哪里，也不知它是来自何处的移民，反正打它定居江汉平原乡村后，总是在伏天里出没，且都是昼出夜伏，极有规律。南洋风像一位助产师，只要在大地上走一遭，怀孕的万事万物便会立马破了羊水，急着要分娩。你看，早稻熟了，烟叶黄了，枣儿红了……所有的农事都脚跟脚、手跟手地来了。

春姑晓得，自家的那二亩早稻迟插了几天，七成熟，还得等几天开镰，但南洋风还在一个劲儿地刮，需灌深水降温，才能保证收割时粒粒饱满。忙了水田忙旱田，棉花刚打过顶，再追施一次花肥，剩下的就只管田里成花海、落白云了。公爹的那一亩烟叶在南洋风里晒烤、晃动，像一匹匹翻动着的阳光，烘烤着平庸的日子。男人不明不白地"跑"了几年，像一阵南洋风刮得无影无踪。关于男人的"跑"有多个版本，有说男人带着窑场的那个比他小二十岁的出纳私奔了；有说男人卷走二十万的公款远走高飞独自享受去了。总之，男人几年没回家是事实，春姑一直守着活寡是事实。起先，春姑一直在心里后悔，大不该让男人去承包村上的窑场。男人真是有不得钱，一有钱就花花肠子想七想八的。现在，春姑一切都释然了，那一直纠结在她心里的悔恨、沮丧、巴望又失望……已离她远去。她麻木了，麻木得像一株被南洋风撕扯着的苦艾……

几阵子南洋风，节令就到了割早稻、插晚稻的当口。稻田已晒得能走人了，那些半青半黄的谷子也"风"成了金黄色。江汉平原的土地就是肥，你随手插只牛角，总能长成一头牛犊。这样的土质常常是稻谷黄了稻秸还是青的，庄稼人就会择一个南洋风口"放懒铺"。"放懒铺"是江汉平原一带收割稻子的专用术语。露水一干，脚勤手快的姑姑嫂嫂们常会搭伙串工，每人一垄，比赛着将割下的稻子们一溜溜均匀地铺放在田里，睡懒觉。她们常常一气割完一垄才舍得伸腰，好像女人的腰是糯米做的，柔韧性极强，不晓得疼。男人呢，就不一样了，要么割几铺就伸直身子，用镰刀把捶几下腰，要么就躺在田埂上抽烟。女人见了，就骂："看你懒得，快收！"男人说："我才懒得收，让它多晒几个风火太阳再收。"通常，割下的稻子要在南洋风里铺晒几个太阳。可是人懒风不懒，南洋风总是把阳光夸张地镀在稻子上，直至吸干稻秸和谷子的水分，减轻了重量，男人们才肯"收懒铺"。女人"放懒铺"，男人"收懒铺"，似乎成了他们各自的专利。由于晒后的稻子没了水分缩小了堆头，一根七转半的草要子要捆好几分田，人说"草要子七转半，挑死大力汉"。可这时像两座山似的稻子担在男人的肩上，却轻飘得像两个大棉包。这时，男人们总会得意地说："嘿，懒汉有懒福，幸亏这稻子'放懒铺'哩。"

春姑开始"收懒铺"。田里有六十大几的公爹，和一双放暑假的儿女帮忙"打抱"。一家老小硬是一口一口地将稻子们"衔"回了家。

收完这季稻子，春姑怕不得守了。

再守几年，就不好嫁人了。

嗯，嫁人？说得怪轻巧，拖儿带女的你要？

唉唉——这命苦得！

稻子刚进仓，可棉铃虫又肆虐起来。春姑背起喷雾器，又被淹没在了齐头深的棉田里。太阳好毒。南洋风好大。人们不敢有一丝懈怠，扯起劲儿与天斗，与地斗，风风火火地到虫口里夺"花"。大片大片的棉田里都是打药的庄稼汉子，唯有春姑一个女人。日头越毒，杀虫的效果越好。春姑舍不得歇，打了一桶药又一桶药，她要抢在日头蔫头时打完这五亩田。南洋风一个劲儿地刮，药水成雾状直往棉叶上喷，不小心药末星子会钻进鼻子嘴巴。肚子饿得咕咕叫，春姑也不肯把时间耽误在路上，就随手在棉田里摘个野生的苦瓜，在衣襟上蹭了蹭，一咬，脆嘣响，边走边嚼边打药。苦瓜不苦，苦瓜甜哩！嚼一口，感到那南洋风、那飞溅的药末星子和苦巴巴的日子，甜丝丝的。

春姑是准备回家时一头栽进棉田的。

春姑就埋在棉田边。要不是白幡在南洋风里飘呀飘的，谁也不会知道平展展的棉田里会有一个碍脚打眼的坟茔。

往后，人们依旧下田劳作，只是多了一些"话把子"：

"你闻，这南洋风还有药味哩！"

"人哪！就该这样死吗？"

乡 夜

鸡们一上笼，再加上三两声狗叫，夜就糯粉粉地漫下来，日子便在庄稼人的犁尖上和锹刃下磨钝了一截。活路也"嗝"在了夜里。犁地的农人，喘着粗气一屁股蹾在田埂上，绝望地瞅着逼近又漫溢开去的夜色，先是揪心哀叹自己的手脚慢了几分，然后又埋怨这日影走得太仓促，像鹰子老鸹叼走一样，说走就走了。哎哎，就差一犁呢，这块栽秧田就犁整完了。这"嗝"在心里的农活当天不做完，夜里注定是会发馋的。好在农活是手里摸大的娃，闭了眼也能一把摸准鼻眼和脾性。于是就扑腾腾地赶起"嗝"下的活路来。夜呢，又被犁开一条口子。

赤脚走在田埂上，返青的茅草秧子像久违的姊妹，一个劲儿地支楞着脚丫子，心就有了着落处。田埂弯弯拐拐的，就像是老牛哪天挣断的一根牛绳，很是随意地阡陌在阔硕的乡野，却不经意牵住了人和牛的魂魄。没有吆喝，没有声响，牛在前，人在后，只有走动着的四条腿和两条腿，默契地把满世界的黑，放在脚下的泥砚里，磨呵蹭的，夜色便浓糯成了一幅天然的水墨画。这时的夜，就随了田埂向梦的深处拐去。

是的，跟早晨出工时颠了个个儿，那时，主人在前，牵了牛，悠着嗓子哼着花鼓调，向麦地或是稻田走去。播种的大事，一向都是主人做主哩！可是收工的路上，老牛却牵了主人走。这似乎成了多年的习惯或规矩。夜着实黑得像一口倒扣的大铁锅，可是不管有多黑，天生长了夜眼睛的老牛，总会准确无误地把主人牵回家……就这么静静地走啊走，冷不丁，几星牛粪鲜鲜腥腥地溅来，主人的脸上就生了一些"天花"。总是在村路和田埂碰头的路口，总是在离家要远不近的地方，那坨憋了很久很久的牛粪，就会极合时宜地打一个圆圆暖暖的句号。一天的劳作就是这样结束的吗？

牛栏刚垫了新草，老牛重重地卧下去，将一天的劳累揉在夜色里细细地反刍。晚饭时，男人就着一碟酱菜或一碗盐豌豆，滋滋有味地喝着老白干，他在喝着老白干时，夜色就咕咚咕咚一气儿灌进了肚里。醉意中，猛地感到腿肚子发痒，手一摸，放灯下一亮，是一条肿胀溜圆的蚂蟥。噫嗬！老子喝酒，你喝血哩。两指轻轻一捏，血便打了串儿地溅在土壁子上。娃儿调皮，用了竹签"穿心过"，蚂蟥就翻了个个儿，搁灯下一烧，夜，便噼噼啪啪有了一种辛辣焦煳的味道。

睡意好像是随了一阵穿堂风袭来的。一个哈欠，四肢就散了架。可夜色却愈发地筋道起来。打了几个结的灯绳就拴在床头，仰手一扯，嘎——嚓，光亮儿就躲进了床底下。男人懒散地把自己躺成了一摊泥，哼哼着将一天的劳累和心娇撒给女人。你看，这五大三粗的男人也有撒娇的时候。

女人有些不情愿，却仍是将疼爱随了笨拙的指法，丝丝扣扣地揉进男人的粗屁大鼾里。梦，就是自打第一声鼾开始的。尽是些杂七杂八跟农事有关的梦。譬如，白天刚灌水施了拔节肥的那两亩秧苗，忘了收田口子，肥水流跑了怎么得了？就扛了锹，颠儿颠儿地向田野跑去。又譬如，收了这季庄稼，是种芝麻好呢，还是种黄豆划算？正盘算着呢，爹挑着一担农家肥气喘吁吁地来了。爹都去世好些年头了，可看上去还是老样子，只是咳嗽得比以前更厉害了些。就上去要替爹捶背，可爹凶猛地一把打掉他的手，指着脚下的土地说："好好侍候侍候土地爷吧——这地都被化肥折腾成搓衣板啦！人亏地一时，地误人一世啊！什么都可没力气，可把地没力气了，只得喝西北风……"爹散完那担农家肥，咳嗽一声，就飘走了。

翻个身，梦又变了花样。怎么村长又来了呢。村长是来找他作证的。那天，明明是村长家的黑水牛吃了二五家的秧苗，可村长却倒打一耙，反咬说是二五家的黄牛吃的。好些人都看见了的，村长却偏要拉他这个老实疙瘩作证。没想他胸脯子拍得山响，说："这世道，马无夜草不肥，田不耙不平，良知在心，公理在天，作证就作证！"就说了真话，平生堂堂正正地做了一回人，对，人！要醒不醒的当儿，梦又将他鬼使神差地拽到了田里头，哎呀！闹哄哄的，黑压压的好多人呢。原来，是外出打工的村人纷纷返乡，缠着村长要田呢。村长说："以前都把田当臭狗屎撂给村里，现在却一窝蜂地要收，真是吃了牛肉发马疯！"有人听了不服，说："以前种田，这税那费的，负担重得挑不起，现如今种粮不缴一分税，国家政策这样好，谁不想多种几亩田啊……"

梦正一重又一重摸了夜路兀自向前走时，可谁家的公鸡打了一嗓子鸣，接着就是狗叫。狗似乎是叫第三声的当儿，老牛也凑起了热闹，伸长脖子，朝梦的深处拐着弯儿长哞了一声，就一声，夜又往沉静处走了几个步子。正鼾是鼾屁是屁的男人一个激灵，就睁开了眼。猛地坐起，望着胀破了一屋子的月光，疑是睡过了头，说："哎呀，天都亮了，该下地啦。"

女人迷糊中蹬了他一脚："操你的心，才三更哩！"男人又睡起了回笼觉，让满肚子的心事，四仰八叉地躺在夜的温床上，滋滋润润地发芽、抽叶、吐穗……

月亮，确乎出来了。有月亮的夜晚，乡村的夜色就平添了几许朦胧的姿色。你看，那田埂、草垛、树木、庄稼以及睡梦中的男男女女，都精灵儿似的变得生动而妩媚起来。梦呢，像个回娘家的孕妇，只顾埋了头，羞答答地迈着碎步儿，朝着最温馨可亲的地方一路走去……

月亮，是什么时候挂在天上抑或梦里的呢？

风秧子

"咦——风秧子！"

这是江汉平原乡村的叫法。我一直弄不明白，斗大的字不识一箩筐的庄稼人，竟把一阵普通的不关疼痒的风儿，叫得心疼肉疼的，居然还颇有几分诗意的美气。不就是一阵无油盐的风吗，你听，一声"风秧子"，就跟唤自己远游的亲生骨肉似的。似乎风秧子一来，就绿了心田的角角落落，清汤寡水的日子就有了几分殷实，无望的牵挂或是盼头就有了几多质地的成分。

应该说，风，是无处不在、无时不有的，只是她一旦落户江汉平原水乡，就入乡随俗地改了些秉性。说穿了，有了许多异样或别致的地方。比如，她没有北方风的张狂和野性；也少了南方风的干燥与暴烈。她憨态而不娇媚，总是挟着泥土的芳香，裹着河流的气息，还有牛粪的腥味儿，出没在和风细雨的大平原。更多的时候，她像一位待嫁在闺房里描红的村姑，安静而又心事重重地赶制着嫁衣，把蛰伏已久的憧憬用花呵朵呵描绘出来。真不知是哪一天，反正是一群女人在地里薅麦草，先是唱一些撩情的《薅草歌》，你一句我一句的，手里的活儿也没见落下。接着是讲些荤段子，什么叔嫂同枕，爹媳烧火呀，秧啊稗的，荤荤素素的，都有。觉得还不尽兴儿，张三的媳妇就来了一段《小女婿》："雅雀子嘎几嘎，老鸹哇几哇，人家的女婿多么大，我的妈妈咧，我的女婿一点大；他人小鬼又大，我与旁人说闲话，我的妈妈咧，他横瞪鼓眼煞。站在那踏板上，没得两尺长，我把他拉出喂豺狼，我的妈妈咧，他吓得像鬼汪咧。睡到那鸡子叫，扯起来一泡尿，把我的花被褥屙湿了，我的妈妈咧，像他妈个憨宝咳。越想越有气，妈与我拿主意，坚决与他打脱离，我的妈妈咧，我不要这小女婿咧咳……"

歌子要完没完的当儿，就有嘤嘤的哭声传来，是李四家的。这才缓过神来，人人都晓得的，李四是个才锹把高的矮子。你看，这玩笑开的，无意中竟伤害了人家的自尊，唱歌的满腹内疚。

"呀，风秧子！"不知是谁打个岔，人人都杵了锄头把，看着风秧子扭腰扭草地一路走来。愣一回神，手里的活儿就风风火火地快起来，心里的疙瘩和恩怨便随了风秧子吹过，散落于田间地头，绿成一棵麦子或豌豆，直往喜兴里拔节哩。

节令是随了风秧子走的。清明播早稻，谷雨前种棉；立夏收豆麦，小满勤薅田。日头不赶人，风秧子追人哩。"一年只有四十五天忙，一天要办九天粮"，犁耙锹锄们都一个萝卜一个坑，跟了主人，在田间开始没日没夜地奔命。一阵活路下来，人累乏得不行，就坐在田埂上打歇。风秧子就是这时候一叶一叶漾来的，在日头下、河面上、禾苗间，以及人的发棵儿里，丝丝缕缕地梳来又梳去，于是天地间的万事万物，都惬意着、舒展着，这时候你再看，风过之处，绿的更绿，黄的更黄，红的更红，就连炊烟，也蓝茵茵地串起了白洼洼的饭香。总之，一切的一切，都一门心思地往熟里头奔去。

也不知哪一天，平原的河湖少了起来，那树木也被砍伐得惨不忍睹，愈来愈有限的耕地上，莫名其妙地矗立起了一座座厂房。树林少了，竹影稀了，鸟的啁啾薄了，严重失衡的生态和水土流失，将风秧子风干成了一条没了水分的蔫黄瓜，于是她一改往日的温存，黄天黑地地搅起沙尘暴，让人们到手的庄稼一片一片地倒伏，让饱满的希望一粒一粒地蔫瘪下去……我不知时下正开展的亡羊补牢的退耕还林工程，何时才能遏制住日趋严重的沙化现象，何日才能还给大自然一缕清新的风。

突然地，我是多么怀念那风调雨顺的日子，日头躲进了云层，树荫和竹影铺满了稻场，风确乎是没有一丝，可是，我的父亲却赤膊上阵，操起那把上了年纪的木锨，要全凭风力帮忙而又无一丝风的情况下扬场。父亲朝手心唾一口唾沫，攥紧木锨把，似乎是观了一眼风向，才拉开架势，朝天空胸有成竹地"哟——哦——"一声，厚实的云层就裂开了一条缝隙，河水流了，树叶动了，竹影摇了，鸟儿叫了，风秧子也一叶一叶地悠了来，在木锨上缠绵一会儿，又利刃似的随着翻斜的木锨劈过去，眨眼间，混杂在一起的谷稗们，就谷归谷、稗归稗地被分开。父亲任凭谷子们在光脚板心里硌来蹭去的。父亲太需要这种质地的痛感了。父亲抓一把谷子，放掌心里一搓，轻轻吹一口气，风秧子就替他从指缝间拂去了那些要舍弃的杂质，同时又一把揽住了他一生都在为此忙碌的粮食。放一粒谷子，嘎嘣一咬，日子就糯粑成了饱满的米香，白色的米不小心一粒粒落下来，又被风秧子一把稳稳地接住，然后像撒种子一样满村子撒开去，天地间就有了万物生根发芽的声音。这要风得风、要雨得雨的日子，是父亲神奇地吆喝唤来的，抑或还是和谐的大自然恩赐的？

父亲没有离去，他像一棵熟过了头的稻子，久久地立在和风吹拂的乡野，宝贝似的捧着那没有一丝杂质的风秧子，思谋着哪一天，播在一块保墒或是向阳的田头，让那没有止境的劳作和无头绪的日子，风调雨顺地变成一株茂盛的希望。

荞 麦

荞麦。我又看见了久违的荞麦，在父亲的坟茔上。

荞麦，别名又叫作苦荞的庄稼或是农作物，眨巴着碎碎的地米花似的眼睛，打望着我和我置身的田野及村庄。一种来自阴间的凄迷，挟着阳世苦寒的光阴，弥漫在肃寂的坟地。我冷。那种彻骨的寒，渍齐我的胸口，压迫得我喘不过一丝气来。但我顽强地扑腾着，呛口水，上得岸来，就把自己长成了一棵荞麦。

　　黑荞麦，开白花，
　　没了爹，没了妈。

父亲是六年前来到这里的。这是我们徐家湾的祖坟。祖坟地是愈来愈大了——即使推行火化的今天，老家仍有将先人的骨灰埋在祖坟的习俗。还有徐家湾的人，不管在外面做了多大的官，老了后，都要嘱后人千里迢迢地将他埋在祖坟地。不入故土，焉能魂安？好像到了祖坟，才是真正魂归故里，叶落归根。每年的清明，我都要带女儿回老家给父亲上坟的，每回上坟，母亲总少不了要跟我唠叨，说："你老子那天还跟我打结呢，起因是屋后的那块菜地，说好种白菜的，可他冷水锅里发热气，偏要种萝卜，我不依。等我喂了猪食回来，你看，他虎起个脸，坐在门槛上，像个菩萨，不动。我就说，去吧去吧，种你的魂都成呢。咦嚙！他还不动，我上去一推，你再看，你老子他头一歪，就不睬你娘了，手

030

里还捏着一把萝卜籽哩。"母亲擤把鼻涕，抹在鞋帮上，又说："你老子走时，还虎着脸跟我赌气呢，嗯，当真我就怕你吗？！"母亲说得极随便、寡淡，就像跟我说老屋的后檐上又多了个雨漏子，或是母猪又产了一窝公三母五的小猪崽儿。

我一直怀疑，这荞麦不定是哪天老鸹叼来的。如今，多是种植一些大受市场青睐的优良品种。可是，这隐退了至少三十年的荞麦，又回来探亲来了。荞麦。这苦里生、寒里长、抗旱又耐渍的庄稼，居然伫立在父亲的坟上，诉说着它过去的光阴。

我跟父亲是有很深的代沟的。我一直记恨着父亲的巴掌和他曾经操纵的棍棒，但他偏偏笃信"棍棒底下出孝子"的古训。父亲跟母亲是半路夫妻，父亲三十七岁才得我这个长子。那年月，母亲长年有病，就靠父亲一人挣工分，养活我们全家六口。母亲虽下不了地，但她总是生着法子和花样，将荞麦粗粮精制，煎成一个个圆溜溜、软乎乎的粑粑，上学时，我们兄弟仨总要偷藏一个，饿了就咬一口。就是那时候，我才领教了荞麦是一种口感好又极经饿的粮食。在父亲体力不支的晚年，他是多么巴望我娶回他在我三岁时就订下的那个栽秧割谷都是一把好手的村姑啊！可是我没有，我把心思都花在了文学上，整天想着的是出名，思谋着怎样以文学青年的身份跳出农门。终于有一天，我如愿进了城，也如愿娶妻生女，就在父亲带着他当年对我的阻止而深深内疚离开人世的时候，我精心营造了十四年的家，散了，我曾庆幸，父亲，还有母亲，毕竟没有见证这不幸的事实，但冥冥之中，双亲总是责怪我："儿啊，你这是怎么搞的？！"

节令更迭，父亲坟茔上的庄稼又更换了季节。这是去年母亲挨着父亲入土后，我发现的。有麦子、豌豆、玉米，还有茄子、黄瓜、豆角等一些时蔬，杂七杂八的，将整个季节都植在了这里。

父亲走得很突然。记得是在我们兄弟仨的强迫下，要他退掉责任田的第二年的春上。那是农民负担过重的高峰期，农民种田除了赔本就是恼气。父亲依了我们，等着我们供养他享几年后福。可是我们错了，一个盘了一辈子泥土、摸了一辈子庄稼的农民，一旦没了土地，就等于没了饭碗，没了粮食，没有了依靠。我不知道，那不劳而获的粮食，于父亲是有排异性的啊！

我一直在想，如果当初听从了父亲，娶回那个村姑，我就会跟她生一堆孙儿孙女，我也会自然地接过父亲手中的犁把，照样把春天弄得犁耙水响，把秋色侍弄得金光灿灿。如果田里的负担沉重得我无法承受，我也会撂下田，携了农民妻子到城里去打工，让留守在家的体弱多病的父母，侍候土地上的庄稼，也侍候我一堆摸鸡屎吃的儿女；如果是赶上现在的好政策，我同样又会汇入纷纷解甲归田的民工潮中回到我的徐家湾，拾起搁置多年的农具，种我的五谷杂粮，吃我的白菜萝卜，过我的农家小日子；如果我有一方土地，和像土地上的庄稼们那样可心的娃子，父母就会帮衬我做一些事情，比如浸种、碾场、除稗草、守秋，或是烧饭带看娃什么的，总之，是一些跟农事家事有关的活计，更重要的是，有了土地的依恋，还有庄稼的牵挂，父母一定会健在，至少是，还活着，或者多活一些年。

六年后，母亲也紧挨着父亲入了祖坟。令我惊诧的是，入土后的母亲，也没见闲着，而是瓜瓜豆豆地种满了坟茔。而父亲的坟上总是他生前钟爱的一些农作物，自然少不了荞麦。母亲是极好强的，她怂恿着她的瓜豆们悄悄地爬过去，侵占了父亲的坟地，也就是父亲的地盘。

那时候，父亲或许在秧棵子的一蓬阴凉下打瞌睡，也或许是又被前庄的哪位孝子请去打了一宿丧鼓。父亲的作物和母亲的庄稼们为了争夺有限的地盘，就互不相让，纠缠着，扭打在一起。父亲看着打群架的庄稼们，狡猾地一笑，说："打吧，看你们到底谁打赢。"好像是一阵夜雨过后，母亲才猛然发现，尽管瓜豆们依了她的心愿，爬满了父亲的坟墓，但这些作物开的尽是一些不结实的谎花。原来，父亲的荞麦们一概高高在上地掩盖了母亲的瓜豆们，抢先吸足了阳光和地气。母亲气得眼泪流，说："你个死鬼，到了阴间，也不肯放我一把。"父亲哈哈大笑，朝母亲攥了攥拳头，说："怎样？老婆子，就是下辈子，你也逃不过我的手掌心。"

父亲说这话时，荞麦花们在风中得意地直笑哩。

喊　月

又是中秋月儿圆。

那月亮呢，是沉在老家门前那眼幽深的老井，还是斜骑在屋后尖尖的草垛？站在异乡巴蜀大地的夜空，我见不了月亮，只有那圆圆的思念在缱绻的乡愁里，渐渐泛起。

我知道的，此刻，母亲她一定又早早地守在井台边，对着夜空，一声声地喊月："月儿月儿，快出来，娘在井边洗菜薹，洗一把，丢一把，只等伢儿快回来……"

月儿，倒是喊出来了，可远在异乡的我，却迟迟未归。泪水模糊了母亲的双眼，那圆圆的中秋月，缺了一半。

在老家，每年中秋夜，母亲都要带上我们守在井台边喊月，为我们唤归去返湾湖捕鱼踩藕的父亲。家穷，买不起月饼，母亲就用苦法子为我们做新藕月饼。母亲耐着性子将藕片捣碎成糊状，拌上糯米和白糖，倒在木印模子里"扑通"一扣，搕出后，再放进蒸笼里用烈火蒸，直至那清香胀破整个屋子，那圆溜溜、软酥酥、清脆可口的月饼，自然就成了我们全家人中秋节的美食。

父亲是劳苦命，即使是中秋节，也得下湖去。母亲劝不住，只得一大早就为父亲备好要带上的午饭，送父亲上路时总忘不了叮咛："可得早点回来，伢们都等着你团圆赏月哩。"

一村人都边吃月饼边赏月了，可父亲仍姗姗未归。肚子咕隆隆叫唤起来，我们等得都快要哭了，还不见父亲的影子。

"再喊！"

母亲望着月亮——似乎父亲就在月亮里，悠悠地说："伢儿们要心诚，用心喊，月公公就会替你们招呼来父亲的。"于是我们将小手合成喇叭状，对着茫茫夜穹呼喊："月公公，快快来，娘在井边补衣衫，补一针，漏一针，只等爹爹快回来……"

我们喊呀喊，祈祷着月公公领着父亲平安归来。

呵，月亮，那圆圆的月亮，终于在我们的千呼万唤中出来了，我们的父亲也像下凡的月公公，背着鱼篓，从月亮里向我们走来。

"回来就好，回来就好……"母亲喃喃的颤音里分明透着被泪水打湿的担忧和心疼。

后来，父亲老了，再也没了下湖的气力，也免去了母亲中秋之夜的几多牵挂。然而，许多年后，我这个出门在外的游子，又给已是风烛残年的母亲平添了几分愁绪。

记得那年中秋夜，本该同家人享受天伦之乐的我，却不得不远离父母，成了"父母在，不远游"的忤逆之子，带着我残缺的文学梦，辗转于广东、北京、武汉、重庆、四川等地，开始了无期也是无望的漂泊……那个中秋夜，我残忍地剜走了半个月亮，给家人留下了残缺的半个月亮。从此，一轮美好的圆月，被离愁别绪切割成两半，一半在故乡，一半在异乡，我在这头，娘在那头，牵挂染白了母亲的黑发，乡愁煎得游子愁更愁。

我永远都不会忘记母亲那晚送我远行的情景。当我推开月牙形的篱笆门，拐上弯弯乡路，身后突然传来母亲一声濡白了夜色的呼唤："儿呵，想娘了，你就喊月亮。使劲喊。"

是木槿篱笆上的青藤勒住了我的手，还是那只跛足的看家狗扯住了我的衣襟？转过身，我看见立在月亮地里的母亲掩去了半个月亮——另半个月亮呢？是母亲捧在了手心。还是藏在我远行的行囊里？我四处搜寻，想带走这轮一年里最圆的月亮。

我走了，却怎么也走不出故乡的月亮；我走了，魂却落在了母亲那一声声悠长的喊月声里。

浮躁的尘世将我推进了喧嚣的城市。是的，城市里没有袅袅升腾的炊烟，没有屋檐下飞进飞出的燕子，没有野菊花、地米菜、狗尾草氤氲弥散的风景，没有田间地头披蓑衣戴斗笠的农夫，没有缺了门牙一声声叫唤乳名归家落屋的喊人声，没有象征人间烟火五谷丰登打坐在房前屋后的草垛，当然，更没有在草垛间竹林里穿来梭去跟开裆裤们捉迷藏的月亮……

又是中秋，一轮圆圆的月亮悬挂中天。我和母亲、家人，虽然隔着天南地北，但我们同拥一轮圆圆的月亮，圆圆的思念。

心灵的感应告诉我，此一刻，母亲一定苦苦守候在老家的井台边喊月，唤归远游的儿子。妈妈，您可知道，也是此一刻，您远方的儿子，也在异乡，用一声声乡音裹着浓浓醇醇的乡愁，喊月："月亮哥，月亮哥，东边起，西边落，落到我家打住脚……"

风　物

乡村厨具

怎么说呢，人都是长记性的，而我的记性，全长在故乡江汉平原的水乡湖畔，像一芽芽蒿草，贱得只需一方水土，就能抽青发芽，即便终究枯萎老去，也会还童返青。水乡，让我最长记性的是厨房，准确地说，是跟厨房相关的一些物事。

水乡人过日子，自有水乡人的过法。单拿盖房子来说吧，往往是先盖厨房，后盖住房。也就是厨房在先。厨房居烟火，住房栖人丁。有了厨房，就有了烟火；烟火旺，自然人丁旺。所以，水乡人一向把厨房置于一个很高的位置。在我的记忆中，无论多简陋的厨房，都得配置一些颇具水乡特色的厨具。至于锅里煮的山珍海味抑或清汤寡水，那又是一码事了。反正，少了哪一宗厨具，都是不得行的。

土　灶

清晨，抑或黄昏，总有一缕缕炊烟，袅娜着百态绰约的身姿，在天空款款行走，融入云端。炊烟，或白，或灰，或蓝，看到它似乎能看到娘绕灶台转的一脸慈祥；炊烟，像父亲伸过来的臂弯，一把揽我回家；炊烟，是扯不断的亲情，总是把我远游的乡愁，拽得生疼……而这些扯不断、理还乱的缕缕炊烟，都是来自最先砌好的土灶。

那年冬闲，我家盖房子，房子还没开工，父亲就请来了邻村的表叔来砌灶。我好生纳闷，这些大人真奇怪！住人的房子都还没盖，怎就先砌灶呢？再说，原先的灶又没拆，仍在烧火煮饭……娘摸摸我的脑壳，说："你个小伢儿不懂，砌灶在先，是先人早就兴下的规矩、礼数。灶，蛮重要哩，就跟人的气一样，有气儿悠着，才能活，气没了，人就没了。"后来，我才懂得，住房栖人丁，厨房居烟火。一日三餐、烟熏火燎地过日子，烟火是万万断不得的。烟火旺，人丁才会旺。而生生不息的烟火，是由灶膛派生出来的。难怪乡下人把灶置于至高无上的位置。

灶的前世是"灶神"，据说，是玉皇大帝派到人间的神。乡下人大都叫"灶王爷"。比起叫"神"来，自然亲近了几分。厨房大多比住房矮，常常依附在住房的偏厦或是拖厦里。当然，家境好的，就另起炉灶，在住房后面盖厨房。厨房一分为二隔成两间，一间是锅碗瓢盆、柴窝、水缸、土灶等一干厨具，一间用来吃饭和储藏萝卜白菜土豆红苕等生活物资。厨房因低矮和常年烟火熏烤的缘故，过不了多久，就会变得老气横秋、灰蒙昏暗。所以在厨房盖瓦时，会将走灶台正上方的一片瓦，取而代之的是一块透明的塑料亮瓦。天光打亮瓦上漏下来，把昏暗一点点挤走，整个厨房就会变得亮堂光鲜起来。

灶，在所有的厨具中，为老大。从某种意义上说，没有灶，那些与之相关的厨具们就没了依附。往大里说，没有灶，就没有一日三餐五谷香；没有灶，就不会有世俗合奏的锅碗瓢盆交响曲；没有灶，就没有炊烟一样柔软悠长的日子。

灶，不光镇着厨房，也统领着厨房里的一应厨具。

水乡的灶，概用半生不熟的阳干土坯砌成，齐腰高，通常坐两口一大一小的锅，和一个煨罐子。灶膛为清一色的大肚子，便于添柴续火，这跟水乡常年烧稻草、麦秸和高粱梗有关。

砌灶，水乡人有很多讲究。如择日子、看方位、敬灶神等等，一句话，不是随便什么人、随便什么时间、随便什么地方就可砌的。水乡的老手艺五花八门，种类繁多，靠手艺吃饭的民间匠人也多如牛毛。什么木匠、泥匠、瓦匠、铁匠、箍匠、篾匠、锁匠啊……啧啧，多得数不过来。这些手艺人一代一代，子子孙孙，孙孙子子繁衍后代，也一代一代地传承着手艺。但是，水乡的好些匠人都是"半罐子"，什么手艺都会一点，却不精湛。这正应了那句"艺多不养人"的老话。好在这些匠人不指望手艺养家糊口，主要收入靠种田。砌灶，在众多的老手艺中，算是个偏门冷行，是一门最不起眼也常被忽略的手艺。说白了，灶匠，没有木匠瓦匠等其他手艺吃香。

但是，生活中却着实又少不得灶匠。表叔之所以当上灶匠，并且成为水乡方圆百十里有名的灶匠师傅，跟表叔的父亲有关。

表叔在家排行老八，父母养不活，就把他过继给了表祖父。据说，表叔的父亲也是当地有名的灶匠，他过继老八时，也顺带把砌灶手艺过继给了老八。老灶匠说："老八，打开天窗说亮话，人都说荒年饿不死手艺人，可我传你的这门子砌灶手艺，是你爷爷的爷爷传下来的，想靠它养活一家老小是笑话。唉唉，人活一世，总得讲个道，你就说这灶匠手艺吧，不能说人没了，这手艺就跟着没了。既然我指望上你了，你就得上心，跟传后一样，把这门手艺传下去。"

"灶王爷得罪不得哟！"这是老灶匠临终前对儿子说的话。老灶匠人死了，可话还活着，活在表叔的心头和手艺里。从此，砌灶成了表叔生命的另一半。也怪，凡是经表叔砌灶的人家，总是炊烟袅袅，人丁兴旺，弥漫着浓浓的烟火味。

天长日久，表叔砌灶的名声就在水乡一带传开了。表叔呢，硬是凭着自己高超的手艺和"道"，赢得了乡邻们的敬奉。再有人上门恭请表叔砌灶时，手上就会提上一刀肉，或是自酿的两瓶老白干。

表叔喝完东家特为自己煮的一碗糖水荷包蛋，打一串热嗝后，就剪了双手，迈开双脚，用步子量尺寸、选方位。表叔砌灶，从来不要人打下手。东家只需和一摊黄泥，备下一瓢灶灰和一些阳干土坯。余下的就是表叔的事了。

表叔把两口大小不一的铁锅，扣在选定的地方，抓一把灶灰，撮起两指，绕锅沿一圈边捻边撒，撒完后，再把锅揭走，地上就会显出两个圆圆的句号，也叫记号。这记号相当于村姑量的"鞋样"，鞋跟"鞋样"走。鞋的大小肥瘦，全由鞋样把着哩！灶当然得跟锅走，就是说，灶口的容积、灶膛的深浅、灶门的大小，以及灶上的一些机关，都是"锅样"说了算。

表叔砌灶用的工具蛮简单：一把瓦刀，一把抿子，一匹砂布。用来砌灶的土坯都是风干的阴阳坯，没有砖头的烈性，却韧性儿足，便于削砍。土坯一旦砌成灶后，随了经年累月的火烧火燎，就会"熘"成一整块，质地坚硬如铁，灶膛里的火焰，也会呈扇形一层层铺开。灶台砌好后，表叔就拿出巴掌大的抿子抿灶面，直到把那些坑坑洼洼，抿得平如镜面。表叔还不甘，又伸出一根食指，在灶面上一指挨一指地蹭，轻轻的，缓缓的，像试刀锋……咦，糙手呢！表叔就抖开一匹砂布，铺在灶面上，悠着劲儿地，搓，揉，砂，直到灶面上跑出人影子来。

水乡人礼性大。表叔每回砌灶，都要在灶上弄一些小机关。比如在灶眉下戳个鼻眼啊，在灶腰间挖个耳子啊，这些额外的东西，既是表叔还给东家的人情，也是表叔免费送给主人的器皿。还别说，这些看似不起眼的机关，为主人塞个媒子（引火纸）、搁盒火柴什么的，提供了不少便利哩。

灶台砌好后，最后一道工序就是试火。这时太阳落土，正是晚饭当口。表叔手执扫帚，将灶门口打扫干净，插上一炷香，点燃，嘴里开始念《敬司门神》：

司门菩萨司门经，一家之主神为真。上拜九天命，上敬司门神。管烟火，显神灵，灶内烧火火上升。火花不出灶膛门，灶上点灯灯花散。灯花落地化灰尘，真心敬拜司门神。保佑东家，朝朝岁岁月月都安宁……

"试火！"表叔拿起一把稻草点燃，摇晃三下，再塞入灶膛，只听"轰隆"一声，火焰一蹿，火舌子一轮轮扩散、放大，一会儿就舔红了锅底。又续一把稻草，火苗子一缩，一股黑烟从火焰中剥离出来，经烟囱过滤，升入天际，就变成了一缕婉约袅娜的蓝色炊烟，跟天上飘荡的云朵一个样子。

表叔砌的灶，生火快，吐出的火穗子，通畅、圆润、匀称；飘出去的炊烟，像一溜悠长的日子，折不断。据说，这跟灶膛里有股子风有关。屋子有了穿堂风，才顺气儿；同理，灶膛里有了灶膛风，才会气顺火旺。灶膛风太小，会死火；太大呢，又拉火；唯有不大不小，最适合。而灶膛风适合与否，这跟灶尾巴伸出去的烟囱有直接干系。

听人说，表叔砌的烟囱，暗藏玄机，可以左右风向，掌控风势的强弱和走向。灶膛通常由几根灶齿隔为上下两层，上层为火膛，专门搁柴烧火；下层为灰膛，用来装灶灰。三五天后，灶膛会积满板结的灶灰，灶的气脉一下就堵了。腾起的火苗儿，跟打折了肋骨似的，没阳气，随时都有咽气的可能。这时，就得把灰膛掏空。先用火叉把灰渣捅散，再用灰耙子扒出来。烧透了的稻草或是麦秸，最终都会化作灰烬，就是农家通常说的灶灰。灰箕是现成的，就竖在灶门口。跟灰箕做伴的，还有吹火筒、火叉、灰箩筐什么的。灶灰粉而面，呈银灰色，用灰耙子扒进灰箕，蓬蓬松松的，只见"抛头"，没有重量。

我也扒过灶灰。端上冒尖的一灰箕灶灰，往屋前或院后的猪圈里走，得猴下身子，慢慢吞吞地走，以防灶灰飘飞。可无论你怎么小心翼翼，即便是在雨天，灶灰也会腾起一溜儿灰白的轻烟。灶灰通常都倒在猪圈里，让猪踩沤一段日子，灶灰就质变成了上好的有机肥料，散在菜田或是农田里，肥叽叽的，最养地力和作物了。

灶灰还能灰好些东西。灰，在这里是动词，有着多层意思和多种用途。比如灰韭菜，种韭菜时灰上一些灶灰，就能保墒，韭菜呢就会越割越发。比如灰豆腐，豆腐打好后，盛在木盆里，水漾漾的，随时都要外溢的样子，就用一大块纱布装了灶灰，撂在豆腐上，过上一宿，那松散干燥粉状的灶灰，就"湿"成了一块灰泥。比如灰头发，就是灶灰过滤后的水，碱性重，用芦管或麦管一吹，会鼓起一串串的泡泡，可以去头屑和污秽。在生活用品紧缺贫乏的年代，水乡的女人们，都是用灶灰水洗发去污的。灶灰水洗过的头发，幽黑、松散、润泽，风一吹，一绺绺草香味，就随了飞扬的秀发四处飘散。还比如灰尿袋，就是用一个布口袋装满灶灰，垫在小伢儿的屁股下，跟床单"隔"着，以防尿床。灰尿袋，软和，热乎，糯润，透着淡淡的五谷味，睡在上面，就是失禁撒尿了，灰尿袋会帮人吸干水分，让人不"惊夜"，睡得受用、酣甜……我和许多乡下小孩，都是睡灰尿袋长大的。

表叔的名气越来越大，全仗了他绝妙精当的砌灶手艺。人们总是夸表叔砌的灶，结实、耐用、省柴、通气，不跑火，不散烟，火苗子匀，就连烧出的灶灰也是宝，灰什么都好。

偏偏有不信邪的，自己动手砌灶，结果不是闷柴、憋火、倒烟，就是飘火、拉火。可想而知，那灶灰，自然也没个品相……灶生不了火，咋行呢？只得去请表叔。表叔也从不摆架子，有请必去。

表叔死后，我才知道表叔从不要人打下手，是怕别人剽了他的艺。表叔一心想着的是把祖传的砌灶手艺，传给独子拴住。可表哥拴住打死也不学砌灶。

有一年，我回到阔别多年的老家，那昔日炊烟袅袅的情景不见了！水乡人家都用上了现代化的高级电子灶具。颇有意思的是，这些电子灶、液化气罐、微波炉、电饭煲什么的，都是从表哥的"拴住灶具门市"批发来的。原来，表哥拴住在潜江城里租了一间门面，专做灶具生意。

"表弟啊，幸亏当年我没听老子的，学什么砌灶手艺，要不，我怕早就饿死了哩！"表哥指着满屋子的灶具说。

沉默。

可我的思绪，犹如一绺不散的炊烟，老是在表叔跟他砌的那些土灶上，飘忽。

铁　锅

锅灶，锅灶，锅灶自古不分家。没有锅，灶就是个窟窿；没有锅，厨房就显败象。

铁锅，是我国的传统厨具，也是目前最安全、最养人的锅，不会氧化。一口铁制的锅，圆形中凹，灰头土脸，铁面无情，透着一股煞气，一旦置在灶上，就有了镇住一切的霸气。无疑，锅在厨房起着镇场、压阵的作用。

"穷得连口锅都买不起。"乡下人最忌讳这句话。所以，穷得可以揭不开锅，但绝不能没得锅揭。

锅的计量单位是，口。也就是说，不论是在口语中还是书面语中，正确的叫法都应该是"一口锅"。而在乡下，"锅"与"口"连在一起，含有另一层意思：锅里有煮的，口里有吃的。

如果哪家要添口加锅，都会当作一项仪式来做的。选锅时，先要看锅的造型和质地。造型好看与否，肉眼一瞧就成。质地好坏，全凭听音分辨。一手勾住锅耳子，一提，锅就离了地面，再两指朝锅底一弹，一溜有肌理有亮光的声音，随了纹路漾开去，得，好锅！如若音色暗哑、打嗝，定有砂眼无疑。卖锅的不信，就把锅浸入水盆，果真有水渍洇开、渗出。这叫"试水"，就是验锅的意思。乡下人差不多都身怀验锅这门绝技。

锅选好了，回家。一路上，锅，从来都是手不提，肩不扛，背不背。单单儿，用头来，顶，这正好应了那句"头顶一口锅，有吃又有喝"的俗语。似乎有了锅，吃喝就不愁了。自然，顶锅人就有了几分得意和悠闲。

想想吧，在乡野的村路上，有人头顶一口锅，迈着舒缓闲适的步子，该是一道怎样的景致。

若是下雨天，锅就"变脸"成了一把老式的油纸伞，任凭急骤的雨点落在锅上，跟辣锅爆豆一样，噼里啪啦响一路，连风也刮不断。雨水自锅沿急促地往下泻，衣上却没溅一滴雨珠子。雨住了，顶锅人想开阔一下视野，就把扣着的铁锅倒过来，让锅尖"咬"住脑门儿，倏地，就萌生了玩花样儿的念头。于是，深吸一口气，脖子伸直，两肩耸立，双手反剪，步子张弛有度，不紧不慢，耍一路"顶锅"，便招徕好些路人，比看猴把戏还热闹过瘾呢。

顶锅人渐渐远去，回头再看一眼，那头顶上的锅，怎么看，怎么都像一把伞，只不过，成了一把被狂风吹翻了骨架、质地为铁的伞。

锅"凹"进灶里，就像压上了定海神针一样，整个家，就安定了。

生铁锅总有一股子带锈的铁腥味，这就必须"油锅"。油，在这里作动词，有涮和抹的意思。锅烧辣，油匀进去，会有一种吱吱作响的混合味溢出。趁了火势，用竹刷子将锅来回地油，锅就去了砂性和锈渍，泛出锃亮的油光来。这样，烧出来的饭菜，就不会砂口味寡了。

烧饭的过程，其实就是烧锅的过程。无论多贵重或多廉价的食物，最终都要归于锅的加工制作，方可入口。

日子久了，锅底会长出一层厚厚的黑毛灰。若不小心，割破了指头，首先想到的，就是用菜刀刮一撮黑毛灰，敷在伤口上，按几下，血就止住了。

乡下人闲不得，一闲下，就好拿"锅"说一些事儿。比如"背黑锅"，指人被冤枉。比如，"搬动三个窝，只剩一口锅"，意思是说不管多富裕的人家，若老是挪窝搬家的话，就会越搬越穷，最终搬得只剩一口锅。当然，人们最津津乐道的是拿锅说一些"荤"事。如"锅里有煮的，胯里有杵的"，虽不太文雅，却道出了"食"和"性"的人之本性，同时也道出了庄稼人过日子没有过多过高的要求。再如"一个锅要补，一个要补锅"，这似乎是为两相情愿的男女之事专门定制的。一旦谈及男女偷情，人们就会大发感慨："嘿，一个锅要补，一个要补锅！"

　　锅，总是被无端地拉出来，任人说三道四。还别说，村上还真有鼻子有眼地传过姚补锅跟胖寡妇的事。起先，胖寡妇是真找姚补锅补锅。锅破了，就得补呗。而方圆就姚补锅一人。于是，一手交钱，一手补锅，天经地义。可是，有一天，姚补锅把胖寡妇的锅翻来覆去地"试水"，连一个砂眼也没发现呢，何谈破损，就好奇地问："妹子，你这锅没漏儿，补啥呀？"胖寡妇朝姚补锅飞了个媚眼儿，说锅拿错了，便转身回家去拿。姚补锅就一路跟去，可另一口锅呢，仍是完好无损，姚补锅脑壳一拍，就把自己的一身肉"补"在了胖寡妇身上……直到胡三来胖寡妇家补缺后，姚补锅跟胖寡妇才了断。不过，后来，大人小孩只要一见姚补锅，都管他叫"要补锅"。姚补锅呢，跟没听见一样，照样扯起公鸭嗓子，拖声雅气地喊："补锅哟——"

　　胖寡妇跟姚补锅都作古了好些年，可"一个要补锅，一个锅要补"的话，还在往下传。

　　铁锅，还有一大用途，那就是揉溺水的小孩。

　　夏天，水乡的娃们总好到河道湖汊荷塘里玩水，不时有一脚陷入藕坑爬不起的，或腿脚抽筋沉入水底的……等大人赶来捞上岸时，肚子早已胀满了水。"快，快拿口锅来。"有人喊。挨得最近的人家主动把锅顶来，"啪"地扣在岸上。锅，朝天鼓起，有些神圣。有人赶紧把溺水娃鼓起的肚子，扣在同样鼓起的锅底上，开始轻摇慢揉，不一会儿，只听"咕哇"一声，溺水娃呕吐了一摊浑水，鼓胀的肚子立马瘪了下去。娃儿有了呼吸。又是一番地揉啊揉，又是一番地呕啊呕，娃儿乌紫的脸色还原了。不一会儿，人就满地跑了。

前湾有个叫瘪谷的，才迈十岁的门槛，却成了溺死鬼。据说，瘪谷原本是能"揉"活的，就因铁锅拿晚了一步，给耽误了。可怜活着肚子瘪瘪的瘪谷，鼓了一肚子浑水，去了阴间，让人好生恓惶。

可是，村上的娃们并没有因瘪谷的溺死而怕水。第二天，照样是一窝蜂地玩水。水乡娃玩性大，尤其是好玩水。这是水滋生出的天性，改不了的。

后来，荷塘的堤坝上，一直扣着一口锅，朝天鼓着，从没人动过，说是专门防备小娃溺水的。天长日久，这锅就像生了根一样，长在了泥土里。人们路过时，总要绕锅而行；就连村上的牛狗猪羊鸡，也从没随意践踏过。锅，仿佛成了护佑生命的神灵。神奇的是，好多年过去了，玩水的娃儿们一拨又一拨，却不再有一个溺死的。都说蹊跷呢，就要村上算命的徐瞎子算了一卦。徐瞎子听了，大腿一拍："嘿，还用算，是那口锅，扣死了'水鬼'呗！"

柴　窝

柴米油盐酱醋茶，柴，排第一，不可小觑。人要安居，柴得安身。于是就有了柴窝。

乡下人家的柴窝，大都用残砖破瓦垒就。不高，齐膝盖上下；窝沿儿一拃宽，够坐就行。柴窝里的柴火种类繁多，依次码放。码在最里头的，是劈柴，因为平时很少用，只得晾在黑旮旯；其次是硬柴，就是棉梗、豆秸、麻秆之类，因烧得稀罕，就跟劈柴做伴，冷落一边；再就是稻草或麦草拧成的草把子，也是最多最常用的，称为燃柴，放在触手可及的位置；最后，是一些打整下来的谷壳、麦渣和残草碎秸，称作压火末，埋在燃柴的下面。四种类型的柴火，自有各自不同的用途。劈柴和硬柴，大多是逢年过节或红白喜事时才烧。燃柴是农家的主柴，几乎每餐都离不得。

小时候，我最好坐在柴窝沿上，帮母亲烧火了。母亲把锅掌勺。我续柴，总是猛柴猛火的，常常把那首缺了门牙的童谣烧得吱吱儿响："板凳歪歪，菊花开开，妈烧火，我添柴，慢慢把这日子过过来……"

"哎呀，煳了！"母亲突然大叫，快撒压火末！我手足无措。情急之中，母亲就从柴窝里抠一把谷壳子，往灶膛里一撒，只见熊熊燃烧的火苗旋即被压住。这以后，我就知道了压火末的含义。

柴窝除了装柴火外，还装了一些乡村美妙风趣的故事呢。譬如，相亲，男女双方都是坐在柴窝沿上相的。至今我都记得，隔壁秀姐相亲的情景。

那天，媒人把一个后生引来，就直接推开了秀姐家的厨房，说："成不成，你俩就坐在柴窝沿上相吧。"我和一帮小孩跑进厨房看稀奇，发现后生和秀姐就坐在柴窝沿上，有一句没一句地说着什么。没过多久，男女双方就羞答答地走出了厨房，媒人赶紧跑去各自打听对方有什么想法，末了巴掌一拍，乐呵呵地说："成了！"为什么相亲要选在柴窝，我一直不明白。后来大人们告诉我，说那地方隐蔽不说，最主要的是，灶膛里埋着火种，可以薪火相传哩。

柴窝还可供人睡觉。腊月间，是农家婚事最频繁的时节，亲戚六眷多，又大多是远客，床铺都让给了得罪不起的七姑八舅的，主人只有抱了被窝在柴窝歪一宿。灶膛里的火，用压火末压着，肉眼看去，似乎熄了，而实质上，有许多暗火，若用吹火筒轻轻一吹，火苗子就会飘起来。半夜里，不时有爆米花"啪"地飞出灶膛，不巧有一粒正好溅到了男人的嘴上，就顺嘴吧唧吧唧地嚼，嚼得嘴香空气也香。睡脚头的女人半梦半醒，疑是老鼠偷食，摸起吹火筒拍一下。男人翻个身，不光"偷食"，还"偷乐"呢。

还有一种睡法，就是专供那些受气包男人睡的。在乡下，被老婆轰去睡柴窝的大有人在。村里的徐肇富，跟我同辈，大我一轮还拐弯，别看他牛高马大、威之武之的，可在老婆面前却是个软柿子。有一回半夜，他跟隔壁的宝山打牌回家，悄没声地爬进老婆的热被窝，想混过去，不想硬是被老婆一脚给踹下了床，"滚去睡柴窝！"肇富自知理亏，就悻悻地摸到柴窝，将就一下。第二天清早，肇富从柴窝里爬起，惦记着犁田，就去找宝山借犁，宝山老婆气鼓鼓地说："砍脑壳的没回家！"肇富才不信呢，就转到厨房听壁根，只听得如雷的鼾声，从壁缝处传来。肇富暗喜，嘿，昨夜还有个做伴的哩。就推开了厨房门，喊醒宝山，好不得意地说："宝山，这柴窝子睡着受用吧！"宝山站起身，揉了揉眼屎，半天才醒过神来，突然两眼一亮，从肇富的头上择下一根草屑，边摇边说："这是什么啊？嘿嘿，大哥莫说二哥哟！"末了，两个受气包笑得眼泪直流。

撑不成器的男人睡柴窝，还真让好些不成器的赌棍啊酒鬼啊，成了器的。这是好事，我好听。可没多久，村上却传出了后湾的杜木匠，在自家的柴窝捉了老婆跟会计的奸，一斧头把会计的脑壳开了瓢。这件事又着实令我愕然。

柴窝，就像一个大温床，囤积着各种各样的柴火，也繁衍着形形色色的乡村逸闻。

吊　壶

丑陋、黢黑、脏兮兮……似乎所有的贬义词都可以堆砌其身上。这，就是厨房里唯一孤零零吊在灶门半空的吊壶。

吊壶，算是乡下人家的一种发明，确切地说，是乡下人节俭持家的最好诠释。无论表叔垒灶的技艺多高明，灶膛内的火苗子总有打野跑风的时候，也就是不走正道，蹿出灶门外。一束束的火焰不时飘荡出来，多可惜多让人心疼啊！把柴火塞进灶旮旯吧，火苗只往后烧，常常是后锅沸水咕嘟响，前锅却是冷火秋烟；把柴火挪到锅底中央呢，火苗又一个劲地往外蹿。火苗从灶门口蹿出来后，又呈弧形逐渐朝上飘散开去。就这样眼睁睁地看着火苗朝外跑，多可惜啊！某一天，烧火的突然灵机一动，就在飘火处吊了一把壶，生生地把火给拦截下来。吊壶，由一根小指粗的铁丝，从厨房檩上垂直吊下来，悬在灶门上方拃把高的位置，然后把一只装满了水的大铁壶挂在铁丝的弯钩上，吊着，由此铁壶就成了吊壶。

吊壶，不声不响，一个静物，吊在那里，不会引人注目，也更不会引人在意。好像有它不多，无它不少。有了吊壶，灶膛里的火苗再飘出时，就会立即被吊壶压扁，好在火苗儿一点也不生气，而是化成一束束柔情美妙的火舌子，去舔吊壶的每一个部位。天长日久，烟熏火燎，吊壶变得又黑又老不说，还丑，丑得没鼻子没眼的，浑身尽是烟毛灰。咦，就是吊着它的那根铁丝，也糊满了又黑又厚的烟毛，肿胀得变了形。不觉间，锅里溢出一缕可人的饭香。冷不丁，又有滚烫的水冒出。呀！是吊壶，吊壶里的水怎么就开了呢。真个是响水不开，开水不响哩。赶紧撩起围裙，捏住烫手的吊壶把，把开水倒进大茶缸，丢几片茶树叶，水的颜色渐渐变黄，水呢，也就变成了"茶"。农家的茶水就是这样不经意烧开的。换句话说，农家是不会专门烧茶的，总认为那样既费柴火又费工夫，不划算。

吊壶烧开的茶，无论开茶还是冷茶，都有一股特有的熏味和土腥气，淡淡的，好闻，从不寡口，既解渴，又润肺，据说还有泻火之特效。这就是乡村农家的"大缸茶"。插秧割麦两头忙的当口，大缸茶可帮了大忙。毒辣的太阳下，渴急了，就抱起田埂上的茶壶，直接对准茶壶嘴，咕噜咕噜地喝一气，尿胀得慌，就一头钻进玉米林或是高粱林里，边尿边感叹，啧啧啧，大缸茶，真解渴。却从没人说吊壶烧的茶真解渴。

那把烧出可口又解渴的大缸茶的吊壶，硬是被人一转眼就忘记了。

吹火筒

我一直没弄明白，那根长不像黄鳝短不像泥鳅的竹筒筒，为什么老是晾在灶门的死旮旯。有几回，我误把它当作柴火塞进灶膛，都被母亲给抢出了火海。

"憨伢子吔，这是吹火筒。"母亲说着赶紧朝竹筒上燃起的火焰，吐一大口涎水，然后用拇指抿抿竹筒的烧伤，指头猛地一抖，鼓出一个大血泡，一定是竹筒上的火没完全煨灭，加之母亲心急，被暗火给燎的。母亲摩挲着竹筒上的烧伤，心疼地"啧啧"不已，却忘了自己拇指上燎出的血泡。我对母亲的大惊小怪很反感，哼，还吹火筒呢，一年到头没见过"吹火"，活脱脱是聋子的耳朵——摆设。

吹火筒受冷遇，是很普遍的事。

吹火筒，这根从竹竿上截取的竹筒，不过三五拃长，浑身却伤痕累累，尽是烟熏火燎的烫伤。

我家屋后，好大一片大竹园，一开春，竹笋到处跑，入秋，竹笋就长成了有用的竹子。这时候，常有向父亲"讨根吹火筒"的人。父亲很慷慨，说，去砍就是了。来人砍下一根比大拇指略粗的竹子，拦腰截断，用质地锐硬的东西将竹节"啪啪"捅穿，吹一口气，直至那气一溜儿贯穿到头，一根吹火筒，就成了。

在乡村，吹火筒是最简单的厨具，现做现用，人人都会。"讨根吹火筒"就跟"讨碗茶喝"一样，随意，方便，讨者不用还，被讨者也不惦记，吱一声就成。

吹火筒的用途跟天象有着紧密的干系。如风季，风会一个劲地往烟囱里倒灌，这就给生火带来了难度。眼看着火苗悠了上来，忽地一阵风扑来，熄了，就赶紧拿起吹火筒，鼓起腮帮子，吹，火星由暗到明，再腾起一束火苗子，向四周扩散开去，倏忽间，火势就势不可挡地旺开了。到了雨季呢，柴窝里的柴火就像患了风湿病一样，潮润、阴湿，即便再焦的柴火都要返潮。这跟乡下的潮气太重有关。但无论怎样，火是得烧的，一日两餐（乡下人家都兴吃两餐）是不可少的。这可苦了围着锅台转的农妇了。

不用吹火筒不行吗。我不服，试着撮起小嘴，憋足劲，朝灶膛里猛吹了一口气，只见浓烟滚滚，灶灰飞扬，呛得我泪流满面。母亲就笑我犟，说："现成的吹火筒不用，怪谁啊。"我不得不举起吹火筒，噙在嘴里。"慢——"母亲开始教我吹火的一些要领："深吸一口气，憋住，对，吹火筒对准最红的火星……对上了？好，开始，运气，悠着劲儿，千万别一口就把气吹完了……火起来没有？"我摇头。母亲又说："那就换一口气，再吹。"就在我憋得快不行的当儿，好看的火苗冷不丁飚了出来，先是一星，接着是一串，再是一团，最后就呈扇形耀满了整个锅底和灶膛。

尽管火吹燃了，可再添柴火时，总要"烟"一会儿，火势也会小许多，近乎要熄灭的当儿，母亲又要我补吹一口。果然，只需吹一口，火焰就蹿起老高。不一会儿，就闻见了饭香。我问母亲是否还需添柴，母亲撂下锅铲，从我的手中拿过吹火筒，只在灶膛"扫吹"了一下，就气到火燃，那近乎泯灭的火焰，又死灰复燃，吐出火舌子，把锅底又舔了个遍。

母亲把吹火筒放在水罐里一焌，一股烟雾"嗞"地腾起，就散了。

好了，开饭。

我纳闷儿："为何不再添一把柴火呢？"母亲说："添一把柴嫌多，不添又嫌少，再说，就差一口气，用吹火筒吹吹，让火星子再燎一下锅底儿，就够了。"

"记住，不管做什么事，差的就是那一口气呢。"母亲摸摸我的头。

我懵懂地"嗯"了一声，踮起脚尖尖，用小手摘下了母亲头上的一朵"烟毛花"。

亮　瓦

厨房，跟人一样，也是有命的。

尽管乡下人极其看重厨房，可仍躲不过"低矮、潮湿、昏暗"的宿命。那些"高大、宽敞、亮堂"的光鲜字眼儿，似乎跟厨房无关。一句话，厨房生来就是衬托住房的，常常像根尾巴，被住房"甩"在后头。

住房因住人，就注定了从"发墨"到"上梁"都有许多讲究。如哪天发墨开工，房主是不能定的，也定不了，得由风水先生"掐日子"；如上梁那天，要鸣炮"挂红"、唱《上梁歌》，还要大荤大肉地摆上"十碗"（平日只摆"四盘"）款待一番。至今，我都记得那首只有"发墨人"才够资格唱的《上梁歌》：

> 爆竹一响喜洋洋，我给东主上中梁，
> 斧头一响天门开，鲁班师傅下凡来。
> 我先抬，你后抬，子子孙孙做八抬。
> 先抬东来后抬西，子子孙孙穿朝衣。
> 两手托梁头，代代做王侯。
> 金口两头搁，子孙在朝阁。

梁头对金口，金银堆满斗。

架梁上正位，万代都富贵。

……

跟住房比，厨房就没了这些礼数。我一直在想，对厨房的忽略，怕跟那些不会说话的哑巴厨具们有关。

因了本生的低矮、潮湿、背光，再加上烟火的熏烤，要不了多少日子，厨房就会昏暗起来，招来一些好在黑处栖息的生灵。比如蜘蛛、蚂蚁、老鼠、蜈蚣、蟑螂什么的。当然，这些生灵从没消停过，日夜忙碌着各自的活路：蚂蚁搬家，老鼠打洞，蜈蚣闲逛……尤其是蜘蛛，总是不知疲倦地把日子织成一张没有头绪的网。那些吊在檩上的"黑毛烟"，像一个个的"吊吊虫"，受了这些生灵的影响，也时不时地飞起来。这时的厨房，不仅仅是暗，而是到了黑的地步。进厨房的人呢，自然就会"花眼"，看什么都是模糊一片。

得想法子让厨房"亮"起来啊！

那时候，没电，唯一的照明，就是用墨水瓶自制的煤油灯，一根灯草，浸泡在油里，像条毛毛虫，却很少有亮的时候。油，其实叫"洋油"，稀罕，计划管着，有钱也买不到，点灯就像割自己身上的肉，疼又痛。就是这疼和痛，让乡下人忽地开窍，灵光一闪，便闪出一块"亮瓦"来。

亮瓦的制作极其简便，就是剪一块比瓦稍大一些的塑料布，然后，在厨房房顶的正中央，揭掉一片瓦，再把其铺上，取代瓦的位置。当然，也有不少穷人家盖不起瓦的，就苫草，同样，揭去屋顶瓦大一方的茅草，镶上塑料布，草顶厨房照样会霍然亮堂。这时的塑料布，就摇身一变成了一块瓦，因其雪白透明，都叫它亮瓦。

亮瓦，透明，轻便，柔韧，耐磨，抗腐蚀，既能遮风挡雨，又能驱黑照明。

亮瓦，这宗形象而颇具诗意的厨具，在乡村，就这样悄然诞生并叫开了。

农忙时节，村人都有起早摸黑的习惯。清晨或夜晚，一弯新月挂在天上，也紧贴亮瓦，被露水沾湿了的月光，由亮瓦柔软地反射进来，厨房不亮堂都不行，那些黑暗的拐拐角角，和一宗宗黯然失神的厨具们，都被一一镀成月白色，一下子显得光彩照人，熠熠生辉。

人齐点灯，月点灯，即便没有月亮，亮瓦也会把天光聚集起来，然后挥发成块状的斑光，不遗余力地泼向厨房。有报晓的鸡鸣或是狗吠传来，经了亮瓦的濡染，也变得白亮、水灵而柔美。若是雨天，偌大个屋顶，唯有亮瓦上嘀嗒着晶亮的雨珠，似乎所有雨珠，都在这里汇集，真有"大珠小珠落玉盘"的意趣，也给潮湿晦暗的厨房，平添了几许生气。要知道，乡下的村妇们，就是在这款款的"亮瓦光"里，完成一日两餐的。

亮瓦，其实就是厨房的一眼天窗，可观天晴月缺，可感世间冷暖。

屋内是烟熏火燎，屋外是日晒雨淋，不多日，亮瓦就会蒙上一层烟灰或雨渍，厨房就会跟着昏暗起来。这时，最好的办法就是搭梯上房，从布满青苔的瓦楞上或摇曳着狗尾草的屋顶上，小心翼翼地爬过去，揭去旧亮瓦，用刷子刷掉污秽，或是干脆换上一块新亮瓦。若有阳光抑或月光照来，亮瓦都会默默地采日月之光华，聚天地之精气，酝酿成无限的光能和热能，再悄悄地散发给厨房。有了亮瓦的光泽，一个个不眠之夜，厨房会涌动起可人养眼的清辉……

我的记忆中，农闲时，乡下人不光搭麻捻线、搓牛绳、纳鞋底、描红、剪窗花，还要剪出一些质地和光泽都上好的亮瓦，专供厨房备用。也就是说，村人们早已把亮瓦当作生活中不可或缺的厨具来置备。

亮瓦的横空出世，我敢说，是乡村的一大创举，也是庄稼人聪慧、节俭、豁达的集中体现。

围　裙

在小小的厨房，围裙跟亮瓦，是质地最柔软、性情最温和的一对姊妹。只是，前者是布料，系在人的腰部；后者为塑料，盖在房顶上。

在我们乡下，有"当日穿嫁衣，过夜系围裙"的说法。意思是说，姑娘出嫁那天穿嫁衣，过完夜，就得系上围裙进厨房，烧火做饭，伺候上老下小。这就是所谓"上得厅堂，下得厨房"的古训。专对女人的。

真不知为什么，一说起围裙，我心中就会莫名地涌起一股酸楚。或许，因其跟母亲，跟母亲的母亲，以及跟母亲一样的乡下女人有关吧。

"拜堂带穿厨"，是每位出嫁女必尽的孝道和礼节。上堂的父母大人得罪不起，厨房的"灶王爷"自然也不敢得罪。所以，新娘前脚刚拜完堂，后脚就得立马"穿厨"，唱那首女人们不知传唱了多少年的《穿厨谣》：

　　拜堂成了亲，再穿厨房门，

　　锅灶瓢碗盆，样样都点清……

就是这首在厨房里唱、在乡村广为流传的《穿厨谣》，预示着乡下女子一生"绕着锅台转，媳妇熬成婆"的宿命。

穿厨，是婚俗系列中的一种仪式，不可省略。这风俗沿袭何时？这么跟你说吧，就像奶奶那三寸金莲上长长的裹脚布，难得追根；又若江汉平原上源远流长的东荆河，无法溯源。反正，奶奶嫁到我们徐家，穿厨；奶奶的奶奶，也穿厨。一代一代的乡下女人，都是这么"穿"过来的。

新娘穿厨，概由婆婆引领，一一指认厨房里的那些厨具。乡下的厨具，大都一个面孔，婆家的跟娘家的没什么两样，从小就打交道，莫说功能，就连它们的脾性和气味都了如指掌，怎么一进婆家门，就要重新"指认"呢？其实，婚期这天，新娘子穿厨"指认"厨具，就是熟悉婆家厨房里的情况，以便更好地伺候人。同时，也正式宣告，婆婆从此退出厨房，告别"媳妇"的年代，新媳妇呢，却要系上围裙，开始"媳妇熬成婆"的宿命。

母亲跟父亲是半路夫妻，因各自丧偶，两个苦命人才"捏"到了一起。

母亲改嫁那天，没有穿大红嫁衣，而是着一套阴蓝卡其衣服，挽一个包袱，身后还拖了个六岁的"油瓶子"。要说母亲有什么讲究的话，那就是一身衣服刚用米汤浆过，显得"刮气"抻展，头发也抹了清油，散发着淡淡的米香和发香的混合味。母亲前脚迈进徐家门槛时，父亲跟她说一声"来了"，算是打招呼。母亲"嗯"一声，就去迈后脚。父亲呢，就把拽着母亲衣襟不放、挂着两条清鼻涕的继子，抱在怀里，一把揪掉鼻涕，抹在了大门框子上。等父亲去找母亲时，母亲早已进了厨房，系好围裙，给一家老小生火做饭。

没有拜堂，没人闹洞房，也没有婆婆引领穿厨。母亲的婚礼冷冷清清，因为是"填房"，好些礼节都被省掉了。可母亲，却兀自一人在第一时间，履行了"穿厨"的美德。

在我的印象中，乡下的女人们，不仅厨房里系围裙，就是下田劳作也要系上围裙。一是有围裙"隔"着，做活才下得"蛮"，不怕脏衣。一是收工的路上，可用围裙"兜"一些人畜都可吃的野菜回家。

乡下人家的围裙，大都油渍乌黑的，布满了许多图案，而这些图案，似乎是神来之笔，奇形怪状，活灵活现。有的若惊兔，有的似飞鹰，有的如悬崖飞瀑，有的像一朵云、一棵树、一篷竹……还有的，可随了自己天马行空的想象，想什么，像什么。

母亲时常系了图案丰富的围裙，忙里忙外，尽着儿媳、妻子也是母亲的义务。三十七岁那年春天，母亲照样系了围裙，腆着大肚子，去油菜地里薅草，为家里挣工分。太阳当顶的当儿，母亲突然头晕目眩，一朵白云飘落她头上……母亲生产了。母亲披着一身菜花子，往家走。母亲这回没有用围裙包野菜，而是平生头一回包裹着一个鲜活的生命，把她为徐家生的长子，抱回了家。在母亲为徐家所生的四个儿女中，只有长子的乳名是她主动要取的：落云。

落云，就是我的乳名。母亲说，她"发动"的那一刻，明明看见一朵蘑菇云，直直地朝她头顶，落下来……

2005 年，母亲去世。母亲倒下的那一刻，身上还系着那条跟她一样苍老得皱巴巴的围裙。

给母亲焚烧遗物时，我硬是从火堆里"抢"出了那条老式围裙。有人不解，说："你娘都没了，那围裙留着还有什么用，烧了算了。"

"不！"我失声哭喊，将围裙死死地搂在怀里，揉着，恨不得揉进我的肉里。

谁也不知道，围裙于我，不是一件可以随便乱扔的物件，而是接我到这个世上的"衣钵"。

筷篓

在老辈子眼里，筷子不是筷子，是筷子神，得供起。于是，就有了筷篓。因是楠竹破成篾片儿编制的篓子，又专门用来供筷子，就叫了筷篓。

乡下人家的筷篓，一律挂在橱柜门楣的正中央，大有高高在上的神气。

堂屋的神，由神龛供着，令人心生敬畏；厨房的筷子，由筷篓供起，自然就有了几分神性。筷篓供筷子神，不光我家这样，偌大个江汉平原乡村，都是。

能当"神"一样被供起的厨具，除了筷子，还是筷子。其他厨具，都没有这样的礼遇。扫一眼厨具们，你看，哪个不是随便搁着或晾着的。水瓢、锅铲、菜刀、锅盖、火叉、扭把棍、吹火筒什么的，一概都是被主人随心所欲地撂在一边。独单筷子马虎不得。先是把筷子搓洗干净，甩干，再双手握住，毕恭毕敬地插进筷篓，最后，总要有意无意地行个注目礼，才走开。开饭了，也不是你想象的拿起筷子就吃，而是全家人都等着当家的供筷子"叫饭"。

所谓"叫饭"，就是盛上一碗白米饭，放在饭桌上席的位置，然后单独抽出一双筷子，平搁在饭碗上，叫过世未满三年的长辈吃饭。"叫饭"完毕，全家人才开饭。通常，后人都要为家里过世的老人叫满三年饭。这是老早就传下的规矩，也是后人孝敬前辈的一种风俗。

在水乡，最能体现筷子神性也是最盛行的，要数"叫水碗"了。我记得的，不管哪家小娃发烧生病，大人们头一个想到的就是"叫水碗"。先舀一碗水，搁在屋山头，然后左手把两只筷子立于水碗中央，不动，右手再从水碗里不停地撩起水，一边浇于筷子头上，一边念《祭筷子神》：

> 筷子神，水来淋，要钱用，站一程，孤魂野鬼快走开，家神爱孙儿莫摸人，要钱就烧给您，保佑儿孙得安宁……

歌念毕，开始一一叫家里已故先人的名字，当叫到谁，扶筷子的左手就松开一下，如果筷子站稳了，就认定是这位先人回家讨钱用，喜欢小儿孙而摸了他的头。死鬼神摸了小娃的头是会发烧生病的。于是大人就要给那位先人烧一叠纸钱，求给娃儿免灾驱邪保平安。等收了碗筷回屋，再摸娃儿的额头，嘿，早已退烧。

叫水碗，大都由妇道人家去"叫"，大概这跟女人天生的水性阴柔有关。

这一"两只筷子一碗水"的驱邪方式，曾被当作封建迷信禁止。所以，都是半夜三更偷偷摸摸地"叫"。一是避嫌，免得惹麻烦；一是以示虔诚，因为只有这个时辰才灵验。

有一回半夜，村上马歪家的在屋山头"叫水碗"，被大队支书逮了个正着。没想到，马歪家的比马歪更歪，指着水碗中的两只筷子，对支书说："哎呀，我正好叫应了我家的婆婆呢，你要是得罪了她，小心我婆婆把你大支书接走哟。"马歪的母亲是有名的接生婆，用马歪家的话说，得罪了她家婆婆，婆婆有把人接到阳世的本领，同样也有把人接到阴间的神通。支书偏偏又是马歪家的婆婆接的生，自然得罪不起，赶紧扭头就走。待支书回到自家的屋山头，哈哈，支书家的也蹲在地上，嘴里正叽里咕噜地"叫水碗"呢。

后来，支书对"叫水碗"总是睁一只眼，闭一只眼，说"叫水碗"是妇女婆婆们玩的一种小把戏，纯属"信则灵，不信则不灵"的范畴，既不乌烟瘴气，又不伤风败俗，由它去吧。

如今，乡村年轻一代的妈妈们不再沿袭"叫水碗"的风俗了，可那些上了年纪的婆婆们，偶尔会为脑疼发烧的孙儿们"叫"一下，起不起作用，倒无所谓，却显现了对晚辈的慈爱情怀。

我真不明白，水乡人为何赋予筷子如此广大的神通，总是让其在生死之间、阴阳两界奔走神游。

新婚闹洞房，筷子又派上了用场。我记起了远房表叔结婚的情景。头顶红盖头的新娘下轿后，由一妇女背进洞房，坐于婚床。新娘刚坐定，就有人挑逗地揭开了新娘的红盖头，大喊"新娘好标致"！一人喊，带来众人闹。闹洞房图的就是个"闹"，越闹越喜气，越闹越吉利。看样子，不闹出个大名堂、新花样来，是不会罢休的。果然，就有领头的说："伙计们，要新郎新娘来一首荤（婚）歌，好不好？"众人和："好——"领头的说："要荤的，还是素的？"众人和："荤的——"领头的说："是'做'呢还是'唱'？"众人和："做——"领头的双掌一击："好！"新郎新娘就"做"一首《筒子插筷子》大伙看看。之所以说"做"，主要是这首幽默、谐趣、挑"性"味极强，动作幅度极大的荤歌，不在于口"唱"，而是手"做"。因而人们都睁大眼睛，要"看看"新婚夫妻如何演绎这首"荤歌"。

一番拉拉扯扯后，新郎跟新娘面对面地站着，新娘双手掌一个竹筒子，羞得不敢抬头。新郎呢，右手掌两双筷子，一下一下地向新娘的竹筒插去，说一句，插一下。新娘是接一下，说一句。《筒子插筷子》就会在人们的嬉笑中完成：

新郎："筒子插筷子。"

新娘："明年生太子。"

新郎："如果不生呢？"

新娘："敲你几筷子。"

新郎新娘你来我往、一句一个动作的表演，其实是象征房事和孕育生命的开始。

筷子，在水乡人看来，不仅仅是吃饭的一种工具，更是一尊呵护幸福安康、护佑传宗接代的神灵。往后的日子，我之所以对筷子心生敬畏，一定跟我儿时在乡下，耳濡目染了一些筷子神的逸闻趣事有关吧。

水　缸

"丢了亲娘，去喊假娘；丢了明镜，去照水缸……"这是《哭嫁歌》

里的一句，女儿出嫁那天必唱的。歌中自有舍不得亲娘的痛，当然还有米窝跳进糠窝的意思。但足以说明，水乡人家，不管富贵贫贱，水缸里的那缸水，都清澈明亮得可以照人。

农家的缸，分多种。米缸、面缸、糠缸、潲水缸。这些缸里的东西，时间长了，会生"吊子"，就是实物变质后呈颗粒状黏糊在一起的东西，乍看像虫子。

水缸是不会的，这全凭了水的缘故。

水缸大多搁在右手边，紧挨着灶尾巴，图的是舀水方便顺手。水缸跟灶之间有个空隙，刚够放两只重叠的水桶；再加上木制水缸盖上扣着的水瓢。水缸、水桶、水缸盖、水瓢，这些嫡亲的水氏一族，自然就有了某种"水缘"关系。

水氏们安放的位置，我家是这样，水乡所有的人家都是这样。水缸底下的那方筛子大的土，老是湿的，有一股凉沁沁的潮气。从潮气里，时常会爬出一些蚯蚓、蜈蚣、蛐蛐来。偶尔，水缸空里还会盘踞一条蛇。不过，蛇通人性，只要人不伤它，它就不伤人。蛇，就像是厨房里的一员，跟厨具和主人们，相安无事地处着。

水缸空里冒芽芽，是常有的事。什么绿豆芽啊，豌豆芽啊，谷芽啊，麦芽啊，蒜芽啊，好多呢。这些杂七杂八的芽芽儿，不知是从厨具里漏掉的，还是隔生的，总之，它们像一个个精灵，在美好的憧憬里拔节生长，把水乡忙碌板结的生活松动，把水乡人昏暗潮湿的日子点亮。

水乡人家缺什么都行，就是不能缺水。外出走亲戚，头一件事就是把自家水缸挑满；姑娘远嫁，想的也是帮娘担满一缸水；娃儿快出生，千忙万忙水缸里的水不能忘，据说水缸里的水能滋润娃儿白白净净。人们夸谁生得白净，不夸人，而是说，啧啧！出生那天，家里水缸里的水肯定满齐缸沿哩。

水缸，往往因了水，而变得水灵、婉约、神圣起来。有了一满缸水，心里头就会无端地润泽。水生万物，有水，多好啊！

水缸除了装水外，还能"砂刀"。切菜时，发现刀锋钝了，锅里又吱吱啦啦地等着，就手握刀把，斜了刀锋，沿了缸沿，飞快地来回"砂"几下，再切，就锋利了许多。"砂刀"不像磨刀。磨刀是磨工夫，磨耐性；而"砂刀"恰恰相反，短平快，解燃眉之急。"砂刀"尽管是临时性的，有些凑合，但又是不得已而为之。水缸，正好充当了"解急"的角色。

记得老家有一个大荷塘，管前湾、后湾的人吃水。两湾统共三十户人家，几乎每天都有人来荷塘挑水。挑水的担了两只空桶，轻轻松松地来，又担着满满两桶水，咿咿呀呀地回。水缸容积大，大都盛三担，也就是六桶水。所以挑水的人要来回走六趟。

后湾有个叫水儿的，吃四十岁的饭了，还打光棍。水儿挑水最勤了，三天两头地往荷塘跑。别人挑水都是往自家跑，唯有水儿是往别人家跑。后来，我才知道水儿是给前湾的胖寡妇挑水。水儿接连挑了七八个年头的水，除了把胖寡妇滋润得白白胖胖外，没有挑出什么名堂来。

后来，一个叫胡三的成了胖寡妇的男人，水儿还是不死心。那天，水儿又往胖寡妇家的厨房跑，挑上两只空水桶就走，正好被胡三撞见。胡三说："你到底想干啥？"水儿说："挑水呀。"胡三一把夺过水儿肩上的扁担，一扁担就打折了水儿的一条腿。

往后，水儿还是挑水，只是不再给胖寡妇挑。水儿因折了一条腿，走路就有些跛，水桶就跟着倾斜，倾斜得水险些要泼出来，可就是滴水不漏。

说起挑水，我又想起了一个人，叫水英，那挑水的样子，真叫人怜爱！水英是娘在河埠头生的，就叫了水英。水英十二岁就挑水，个子刚刚超过水桶。水英脑瓜子灵，就把水桶绳在扁担上多挽几圈，直到水桶底不杵地、不磕脚跟为止。

我最好看水英挑水了。一根黑辫子，就像《小芳》里唱的一样，黑又长，随了水蛇腰一扭一扭的，在两桶间不停地晃荡。那根红头绳，也跟了一闪一闪的。每每水英挑水，我都要悄没声儿地尾随一路，瞧她那红头绳怎样招蝶惹蜂，听那扁担如何在她肩上咿咿呀呀地唱歌子。水英偶尔回眸一笑，我的魂儿就被勾走了。

水英家嘴巴多，一大缸水，两天就没了。我既庆幸水英家人多，可经常看她挑水；又心疼水英，替她鸣不平，家里那么多张嘴，只晓得喝水，不晓得挑水。

没过几年，水英就嫁人了。水英出嫁的那天，她"哭"的嫁歌，还真是那首"丢了亲娘，去喊假娘；丢了明镜，去照水缸……"的歌子。

当大花轿就要颠出村子的那一刻，水英突然撩起红盖头，哑着嗓子，叫了一声"娘——"

我头一回发现，水英她，竟是那样的白净、水灵，像刚出水的芙蓉，怪招人疼呢！

至今，我都在想，水英出生那天，她家的水缸，一定是满满的一缸水，那水，肯定又清又亮，照得见人影和面相。

扭把棍

扭把棍，也叫扭把弓。一根拇指粗细的棍子用绳索"绷"着，像一把弓。扭把棍，活活是乡村铺天盖地的稻草们派生出来的。可以说，没有这些多成灾的稻草，就没有扭把棍的用途，说严重些，根本就不会有扭把棍。

水乡人家从没有烧散稻草的习惯，换句话说，都很鄙视烧散稻草的人家，哼！那一家子人，懒得虫屎臭，一年上头光烧散草。

这样说是有道理的，因为一大把散稻草塞进灶膛，"轰"的一声就没了，既不经烧，又不出火，是一种极大的浪费。唯一的办法，就是把这些蓬松零散的稻草，扭绞成草把子。草把子经烧不说，还耐性好，不张扬，冒出的火苗子，不温不火。把散稻草加工成一个一个的草把子，费工夫不说，还得专门制作一种工具。

这工具，就是一根五尺长的扭把棍。

制作扭把棍，极其烦琐不说，还得有窍门。桃红柳绿时，用镰刀从柳树上剔下一根韧性十足、拇指粗细的柳枝，用禾场上闲了一冬的石磙压上一个昼夜，再抽出，燃上一堆火，将柳枝置于火上，边烤边拧。在火烤的作用下，柳枝的皮层内，会沁出一些好闻的白色汁液，这时候，柳枝的质地渐渐变得柔软起来，同时也是把柳枝拧成扭把棍的最佳时机。待柳枝呈问号型的当儿，剥去外层的树皮，削掉结疤，再用一根麻绳系在合适的位置固定，嘿！柳枝儿摇身一变，就成了一根扭把棍。看出来了吧，这所谓的窍门，其实就是掌握好火候。火候不够，扭把棍硬得难拧成型；过了呢，又易折断。

每到水稻收割季节，水稻脱粒或是碾场后，就要把多数蓬松零乱的稻草，用绳索状的草要子捆成个儿，码成草垛，以备往后慢慢扭成草把子。扭草把子，需要两人配合默契才得以完成。小时候，我最恼火的就是扭草把子。可母亲老是在月亮天，从草垛里抠出一些捆好的稻草，解开，打散，喊我扭草把子。我不肯，母亲就举起扭把棍打我。我拔腿就跑，母亲不依，边撵边说："你个小懒鬼，抓住了用扭把棍打死你！"隔壁的瞎婆婆吓坏了，就摸摸打打地出来，劝母亲，说："小娃玩性大，我来帮你扭嘛。"等我玩够了回家，山一样的稻草堆矮了许多。母亲坐在草堆根，充当起头和续稻草的角色。母亲每每拽一把零散的稻草，就会腾起一股灰尘和草屑，直扑脸面，呛了，咳一声，用双手把草头拧成个"扣眼"。瞎婆婆双手举起扭把棍，往前一送，扭把棍的"鼻子"就不偏不倚地"钩"住了"扣眼"儿。接着，瞎婆婆先前倾着的身子，一下一下地扭动起扭把棍，然后又慢慢收身子，半仰在椅子上，直到母亲将草把子拧成麻花状打住，瞎婆婆才取下扭把棍。

萤火虫到处飞，亮光到处闪，好像把瞎婆婆的双眼，也给闪亮了。要不，瞎婆婆扭草把子怎会这样神咧！

母亲满脸灰尘，咳嗽着，吐一口痰，尽是黑的。母亲把草把子用草要子捆成个儿，一一堆在柴窝里。进屋时，脚下一个趔趄，才发现是扭把棍忘了收，就捡起，随手挂在了紧挨柴窝壁根上的一颗锈钉子上。要不了几天，保准蜘蛛就会在扭把棍的问号拐弯处，织出一张网。

偶尔，我会盯了扭把棍发愣，越看越觉得就是一个被无限放大了的问号。

火　叉

火叉，一概是村上的癞铁匠打的。

"癞子脑壳癞，打铁艺不赖……"这是村人专为癞铁匠编的顺口溜。

我无数次亲眼见过癞铁匠打火叉：左手钳一块废铁，放在铁炉上烧得通红后，撂在铁钻上，右手抡起铁锤，锤得火星四溅，不敢睁眼去看，等睁眼时，就见呈"丫"字形的铁齿已成型。即刻又把铁齿钳入水中，只见"吱啦"一声，冒出一溜好看的蓝烟瞬间即逝，很快又将铁齿提出水面。这是淬火。最后，在铁齿上安上一根三尺长的木柄。一把火叉就成了。

别看铁匠头癞，可打的火叉以及其他铁器不赖，他打的铁器成了方圆百十里的抢手货。

火叉跟吹火筒有着同样的功能，就是把灶膛里的火拨旺。不同的是，前者是用手拨，使用的频率高些；后者为口吹，用的频率低。

灶膛里的火一旦点燃，塞柴、续柴靠的全是火叉了。尤其是逢年过节上蒸笼，烧劈柴时，火叉起着不可替代的作用。劈柴不能烧实心，得烧空心，也就是说，劈柴不像草把子，可随便放进灶膛，得成"人"字形架起，让每块劈柴都有一定的空隙，这样，劈柴既有耐性，又耐烧，适合炖大棒骨类的农家菜。一茬"人"字眼看着被大火烧塌，得赶紧续写一个"人"字。于是火叉赴汤蹈火，在熊熊燃烧的火海里，将续上的劈柴，上下左右、从容有序地一番腾挪、拨弄，一个新的"人"字就出现了。不一会儿，"火人"愈烧愈旺，愈烧愈勇。

在滔滔火海中，把"人"字写得周武郑王、顶天立地、荡气回肠的，怕只有乡村的火叉了！

火叉的神奇令人叹服。

可火叉另一面的神奇，准确地说是神性，是每个水乡人亲身感触而念念不忘的，那就是：火叉倒立吞鱼刺。

水乡多鱼，水乡人也好食鱼。水乡产的鱼，肉质嫩，无论煎煮、红烧，还是清蒸、醋焙、油炸，都可口味美。于是吃起来就狼吞虎咽，恨不得一口吞一整条鱼，津津有味地嚼啊咽啊，一口等不得一口，冷不丁，喉咙，也就是食道处，有一股尖细的刺痛突袭而来。吞一口唾沫，呀，更疼。小娃不知怎么回事，吓得张大嘴巴，指了喉咙，含含糊糊地说："疼，疼……"大人明白了，埋怨说："要你慢慢吃偏不听，看，卡刺了吧！"说着就跑进厨房，直奔灶门口，将插在灶灰里的火叉抽出来，再将火叉倒个个，也就是让"丫"字形的铁齿朝上，倒立在灶门口，说："火叉倒立，鱼刺顺下。"大人回到餐桌上，用筷子挑一坨米饭送进小娃嘴里，说："吞，尽管吞，吞……还疼吗，不疼了？好——火叉神帮你把鱼刺'顺'进肚子了呢！"（编者注：卡鱼刺请就医。）

吃鱼，再怎么细嚼慢咽，再如何小心谨慎，都有卡刺的时候。不光小孩，大人也是。而解决卡刺的办法，就是把火叉倒立。好多人都不信，又没有别的办法，只得试试，偏偏一试一个准，一试一个灵，让你不得不信，就大而广之地传了下来。

老实说，我小时候卡鱼刺，母亲就是用火叉倒立的方式，帮我把鱼刺"顺"下肚子的。我好奇，火叉为何只要倒立在灶门口，而不是别的地方，卡在食道的鱼刺就会自行下滑呢？我问大人，大人们笑笑，"一物降一物，火叉神呗！"

烧火的间隙，火叉通常还要充当烧烤食物的工具。如在火叉齿上搁一块糍粑，或一个土豆、玉米、红薯什么的，塞进灶膛，搁在火的缝隙去烤。往往饭还没熟，那火叉上的食物早已质地焦脆、颜色黄亮、口感酥麻，还没吃，就满口生津呢。这些烧烤的食物，大都黢黑麻乌的，没品相，上不了桌面，也当不了正餐，充其量当作"花食"或是饭前的开胃品来享用。

一晃，火叉随着一些厨具消逝了好多年。

如今，在城里生活，我总是改不了吃鱼的嗜好，每每喉咙卡了鱼刺，我要么用米饭硬吞，要么到医院看医生，无论哪种方式都不太顺溜，给自己留下了许多带刺的疼痛……我时常想，如果老母亲还在人世，该多好啊！我就会第一时间掏出手机，向千里之外的母亲求助："娘，我的喉咙又卡鱼刺了……"

"娃吙，你等着，我这就给你倒立火叉去！"

水　瓢

关于瓢，老家一向有个怪招人疼的昵称：瓢姑。

> 瓢阿姑，瓢阿神，
> 专请瓢阿姑问年成。
> 年成好，许你花缎袄，

年成差，许你牡丹花……

听见了吧，这首《请瓢姑》的歌子，不知在水乡流传了多少年多少辈。从歌中不难看出，家里的那些坛坛罐罐、筐筐篓篓，有没有五谷杂粮装，或是年成好不好，似乎都是那个……那个，对，瓢姑说了算呢！

瓢有好些种，如米瓢、面瓢、鸡食瓢，统称干瓢，但它们的前世，都属葫芦。

瓢，一旦到了厨房呢，就成了水瓢。同样的，水瓢在没成为水瓢之前，也叫葫芦。葫芦开瓢，就本质而言，无疑是一次涅槃，抑或转世。

葫芦，一年生草本植物，茎蔓生，叶子心脏形，花白色。果实中间细，像两个球连在一起，嫩时可以食用，成熟后能做器皿，也供玩赏。种葫芦，无须任何技术，只要在土里点上一粒籽，就会生根发芽，要不了多日，秧苗儿就会见风长，见雨蹿。要真说有什么讲究的话，那就是得选择一个可依附的物体，比如篱笆啊，猪圈啊，草垛啊什么的，为的是让其好牵藤坐果。葫芦的习性跟丝瓜差不多，好攀附上架，在高处开花结果。

嫩葫芦是美食，这是通了天的。葫芦成熟时，也正是农人忙碌的当口。当你腰酸背痛地从地里回来，懒得麻烦，就随手从篱笆或是猪圈上摘一个葫芦，切成丝儿或片儿，下锅爆炒，点一勺醋，就成了一道可口下饭的时鲜。节令入秋，渐渐老去的葫芦，吃不得多可惜啊。大人们说，是故意让它老的。"葫芦老了做什么啊？""做瓢啊！就跟丝瓜老了瓤可剪鞋垫一样。"我这才明白，难怪乡下人家的篱笆或是猪圈上，都或坐或吊着一些闪闪发亮的葫芦脑瓜呢。

"葫芦开瓢——好事成双。""葫芦开不成瓢，麻秆搭不成桥。"这是水乡人就葫芦衍生的一些乡间俚语。前者是赞美男欢女爱，花好月圆；后者是贬人一事无成，不成器。

记得父亲每年都要开好些瓢，除了自家用外，还送人。葫芦开瓢，有一个极其烦琐的过程，过程"走"好了，干瓢不会蛀虫，水瓢不会漏水。要想瓢们不蛀虫漏水，从选葫芦到浸泡、开瓢、填灰、合拢、风干，都有一些不容忽视也不好掌握的窍门。

秋日里，父亲时常在葫芦架下转悠，不时把右手的中指弯成"丁棍"，在葫芦上敲击一下，听声音脆嘣儿响，说："瓢有了！"说着就摘下。成熟一个摘一个，然后把葫芦浸泡在门前的堰塘里。三个昼夜后，捞出葫芦，锯为两半，掏出瓢籽，一个葫芦就成了两个瓢。不过，这时的瓢只是成了瓢形，没有"劲儿"，还不能使用。因为最后一道工序至关重要——滤水。因水的浸泡，瓢吸附了许多肉眼看不见的渍水，跟湿海绵一样，如不及时吸干，就会卷边变形。而滤水的最好材料是灶灰，准确地说，是稻草的灰烬。隔夜的灶灰，就堆积在厨房的灰箩里。父亲分别把两个瓢填满灶灰，然后把两个瓢合拢扣在一起，也就是还原成葫芦的原形，再用麻线缠牢系好，吊在屋檐下风干。几个风火天后，取下葫芦，解开缠索，两个瓢就不掰自开。用指头轻轻一弹，瓢会发出一阵清脆而虚空的声响。这时的瓢，无论成色还是质地，都是上好的，自然也经久耐用。而先前那些充当滤水用的干爽粉状的灶灰，早已板结成了一个憨态可掬的"灰葫芦娃"。

也有故意不开的葫芦，那就掏出里头的瓢籽，在阴凉处渐渐风干，直至能用指头敲出空音。这就是干葫芦。把各种瓜果菜蔬的种子，装进干葫芦，不愁返潮虫蛀，挂在墙上，穿堂风一吹，叮儿当儿地响，跟风铃没两样。

据说，水乡风调雨顺的好年成，就是这些干葫芦给"响"来的。

开好了瓢，父亲往往首先想到的是，挑一个手感极好的做水瓢。一日三餐，加洗澡泡脚，水瓢使用的频率高，因而选水瓢，总要选一个舀水顺手、便当的。水瓢不像干瓢那样娇贵，一旦失手落地，容易破损。

浸了水的瓢，瓷实，经用，耐摔，有着千锤百炼的刚性。

水瓢不光料理厨房里的事，还走出厨房，充当浇地的角色。菜园逢旱时，父亲时常在晚饭前担了水桶，拿上水瓢，去菜园浇水。水在瓢里呈扇形撒出去，均匀柔和地泼洒在菜叶和菜地上。菜地浇透喝足了，父亲担了水桶回家。母亲烧晚饭时，发现没了水瓢，摊开两手说："水瓢呢，没水瓢我怎么烧饭？"父亲脑壳一拍："咦，瓢忘菜园了"，就使唤我快去拿。

来到菜园，找了好半天，我才发现，水瓢竟躺在垄沟里，被一片菜叶遮住，几条菜虫和蚂蚁在瓢中蠕动着。

水瓢极不起眼，也极易被遗忘。可少了水瓢，做饭还真成了问题。

我一直都记得，我家那把缺口水瓢的样子，要么扣在水缸盖上，要么浮在水缸里，要么撂在灶台上，永远都是被随意地撂在一些不显眼的地方。当然，如今，这把水瓢，跟那方亮瓦、围裙和水缸一样，只能搁置在我浓浓的乡愁里了。

哭　嫁

偌大个江汉平原乡村，姑娘出嫁都兴哭嫁的。那凄迷哀婉、忧伤缠绵的哭嫁歌，那古朴清新、淳美缱绻的风俗画，那依依惜别、割舍不断的骨肉情，那喜中有悲、笑里含泪即将出嫁的女儿心肠，总是让你觉得，姑娘出嫁其实就是一颗酸溜溜的，泪。

出嫁，本是姑娘一生里最大的喜事，为什么偏要泪眼婆娑、哭兮啼兮个没完呢。我问过母亲好几次，可母亲捋了捋额头有些纷乱的白发，朝很远很远的地方打望了一眼，然后，从心窝子扯出一声悲戚苍凉的哀叹："命呗！女人呀，不都是这么哭过来的吗。"

听隔了几辈的奶奶说，自打天底下有了土地，这土地上就有了各色各样的女人，也有了五花八门专供女人唱的哭嫁歌。比如，我们江汉平原乡村生长的哭嫁歌，就是一株卑贱的地米菜抑或狗尾巴草。

我不懂，哭嫁歌怎能跟这些野菜野草比呢？

"来——"奶奶一把抱起我，颠起她的三寸金莲来到村外的乡野，掐了一蔸硕大的地米菜，唱：

> 地米菜开白花，爹娘养我说婆家，
> 婆家说得苦又苦，一天一块臭豆腐，
> 婆家说得差又差，一天一碗冷豆渣……

我看见，奶奶把那蔸地米菜也唱哭了，扑簌簌地流下一串清亮亮的泪颗子，有一颗似乎映出了奶奶当年的影子……那一刻，以及往后的许多年，我一直都在想，是奶奶唱哭了地米菜呢，还是哭嫁歌唱哭了地米菜，抑或哭嫁歌，把人世间的奶奶和野地里的地米菜，都给唱哭了……

哭嫁歌，是乡间的泥土孕育的，也是女人们一代代"哭"出来的。不知是命里注定，还是习以为常，总之，再苦的日子，乡下的女人们总是用自己的命"克"着、忍着、熬着，即使是给女儿说婆家，当娘的也从未奢望攀个富贵人家来改变命运。他们只认命。女人生成是生娃盘地、烧火撩灶、勤扒苦做的命。命，就像女人脚上那条长长的裹脚布，裹住了她们对爱情美好的企盼，也束缚了她们对未来的美好憧憬。

出嫁，依乡俗是蛮有讲究的。新娘出嫁的前一天，必须由一已婚妇女用索线将新娘脸上的汗毛绞光，以示出阁新婚。妇女绞汗毛的当儿，会说出一溜吉利的《开脸词》："开脸开脸，转换新颜。一开金枝玉叶，二开贵子状元，三开龙凤呈祥，四开百事合欢。开脸大吉，花果团圆……"脸一开，就成清清爽爽的新娘了。

尽管《开脸词》念得大吉大利，但苦难总是像带刺的青藤死死缠绕着女人。

哭嫁，要数出嫁当晚，哭得最恓惶、最热闹，也最有仪式感。发亲的锣鼓响了，新娘就要启程远嫁，这当儿，新娘仿佛把在娘家做闺女的泪水和情愫攒在一起，什么爹亲娘疼、姊长妹短、离愁别绪……一涌向心头，一一嘤嘤哭诉，任泉涌的泪水和歌子，哭湿爹娘姊妹的心：

　　高粱梗，梗高粱，
　　高粱红了嫁姑娘。
　　哪个鸡蛋没有黄？
　　哪个女人不想娘？
　　想起娘来哭断肠。
　　……

女儿远嫁，无疑是在娘的心上剜走了一坨肉。女儿，可是娘最孝顺、最巴肉的心尖尖啊！娘舍不得、丢不得，就搂着女儿，一五一十地哭女儿的贤惠、孝道，也哭女儿在家受的委屈、劳累。娘哭女儿，也哭自个儿，更哭同是女人的命。哭，沟通着心灵；哭，消除着芥蒂；哭，让人释怀、通透、受用……可是，再怎么哭，娘总忘不了苦口婆心地哭劝女儿到婆家后，好好侍候公婆，体贴丈夫，抚养儿女，盘好田地，尽好孝道。

在娘的娘看来：孝道，是天伦，是美德，是女人的命根子。

那年秋夜，一股忧伤的歌声，沉郁地碾疼了我的心。当我从悲戚中醒来时，才晓得是隔壁秀姐幽婉凄切的哭嫁歌，在我的脸上化作了一弯清泪："哭声我的爹，哭声我的娘；丢了亲娘，去喊假娘；丢了明镜，去照水缸……"

我晓得，天一眨眼，秀姐的嫁期就到了。秀姐生得白净、标致，身段儿也苗条。秀姐只要一张口，那清亮的歌声总得把天上的鸦鹊老鸹给逗下来。凭秀姐的长相及能耐，找个体面般配的男人是不难的，可为了哑巴弟弟，为了家里能续上香火，娘不得不将秀姐嫁给了苦楝湾的跛憨汉子。

跛憨是以他的妹妹作秀姐哑弟的媳妇"换"走秀姐的。

唢呐呜咽。秀姐的哭嫁歌也在呜咽着悲哀：

嫁鸡随鸡，嫁狗随狗，
嫁了瞎子牵着手，
嫁了哑巴不开口，
嫁了跛子跟着走，
嫁了叫花子背别篓。
……

高高兴兴的迎亲锣鼓，哭哭啼啼的出嫁女，磨磨蹭蹭的"压亲"队，披头散发倚着门框流泪的秀姐娘，捶胸顿足"呵呵"号啕的哑巴弟，憨里巴叽傻笑的跛腿新郎，悲悲切切的哭嫁歌……将深秋濡湿成秀姐头上那方红盖头，向天边那片紫红色的高粱花子，走去……

　　二十年前，我回乡下参加堂姐女儿的婚礼，出嫁那天，没有悠久淳朴的哭嫁歌，尽是闹哄哄推杯把盏的猜拳声，以及声嘶力竭、喧嚣聒噪的流行歌曲……那哀婉得令人流泪、悲切得令人心碎、淳朴得令人回味的哭嫁歌呢？

　　……

　　去年春天，我受邀回故乡江汉平原新乡村采风，正好碰上一场风情别致的婚礼——久违的哭嫁歌又回来了！

　　婚礼在农家禾场举行。禾场四周以及周边的草垛上，都挤满了看热闹的人。没有时兴流行的披红挂绿排成长龙的豪华轿车，没有西装革履的婚庆司仪，没有抛洒五彩花瓣的花童……有的只是逆转的旧时光和土生土长的风物：一乘八抬大花轿，一路颠着大花轿的轿夫，一套敲锣打鼓吹着唢呐的响器班子，一位头顶红盖头咿咿呀呀"哭"着《哭嫁歌》的新娘子，还有男扮女装一手执花箩一手朝新娘撒五谷的"媒婆"……这一曲曲流传数千年的哭嫁歌，唱腔婉转凄美，缠绵悱恻，歌词通俗易懂，包罗万象——伦理、生命、孝道、古训、美德、风物……以及新时代美丽乡村的文化元素，宛若一碗五味杂陈的乡愁，承载着一代又一代人的记忆。撒五谷的"媒婆"告诉我："现在的乡村，可跟前些年大不一样啰，不光老人怀古念旧，就连现在的年轻人，也喜欢过去的一些老古董——比如货郎手中转动的拨浪鼓呀，剃头匠肩上的剃头挑子呀，还有田间地头的夯歌田歌、厨房里舀水的葫芦瓢、村姑们出门打的油纸伞、小孩儿抽的陀螺滚的铁环……"一阵悠扬悦耳的"哭"声飘来，"媒婆"

突然手一指，"你看——那位领唱哭嫁歌的大婶，可是我们县上、市上重点保护的非遗传承人哩！"

我问"媒婆"，往新娘头上撒五谷是何意思。"媒婆"随手从花箩里抓一把："你看，稻子、麦子、大豆子、玉米子、绿豆子组成的五谷子，往新娘头上一撒，预示新娘嫁到婆家后，五谷丰登，多子多福。"我指指五谷中掺杂的一些不起眼的芝麻，"媒婆"心领神会地欣然一笑，"芝麻开花，节节高呗！"

哭嫁歌，酸涩中给人甜蜜、悲情中给人力量、别离中给人温情、伤怀中给人韧性的哭嫁歌啊，每每回味你的旋律与韵致，我都会久久地，久久地在你浓郁的乡音、乡情、乡愁里，缱绻……

喊　饭

"吃饭啰——"

"吃饭啰——"

清一色的喊饭声，总是在吃饭的当口儿一声声响起。这些喊饭的声音，直白，寡淡，素，就像屋后菜地里的白菜或萝卜，廉价，却可口、养人。这声音都是土著的方言，土不拉叽的，一旦用满口土腥味的乡音喊出，就有了几分糯性，稍不留神，就黏糊走了你的魂。

喊饭的声音满村落都是，一声声，吆长喝短，此起彼伏，以各自的姿态和走势四处游走，连个沟渠坡坎也不肯放过。女人们喊饭时从不指名道姓，但她们大都清楚被喊者的去向，所以，喊出的声音极有方位感。孩儿们玩性大，听不到娘的喊声是不知道肚子饿的，他们不是在草垛根捏尿泥巴，就是在菜花田里过家家。通常，是娘不喊不落屋，就像鸡们天不黑不归窝一样。不管喊声多么繁杂、纷乱，甚或飘忽，汉子们都能"一耳了然"地从众多的声音中一下分拣出自己的女人，以及女人喊人时的位置、动作及神情。你看，张三就从喊声里分辨出自家的女人，一定是刚到河埠头刷好了滤饭的筲箕，起身时，不小心脚下打了个滑，神还未稳，就立在埠头上喊了一嗓子，难怪，听声音像掉了魂似的，晃着；李四呢，也听出自己的女人，刚擤一把鼻涕在衣襟上蹭了蹭，取下豌豆花头巾一边拍打身上的麦草灰，一边扯起鸭母嗓子，喊……哎，这娘们天生就不灵醒，一副破嗓子不说，整天还咋咋呼呼的。听人家王五女人的，人水灵，声音也水灵，掐得出水儿来，啧啧啧，你听，这水灵灵的声音吃得几碗哩！王五呢，王五此时正朝着自家的稻田撒尿，一个尿噤，就听见女人又立在屋山头，一手撩着刘海儿，那翘了兰花指的另一只手叉着水蛇腰，胸脯挺挺的，含情脉脉地悠着嗓子喊，那声音神像仙女下凡时舞着的水袖，撩得人心里痒酥酥的。

"吃饭哪，兴发儿——"

听见了吗？这是一声指代明确的召唤，沙哑，苍凉，柔软，杂糅着丝丝疼爱。这喊声，也唯有这喊声，似乎睁着一双空洞迷茫的大眼睛，在草垛、田畴、河旁、树林间四处寻找……不消说，这是村里瞎婆的喊声，是她唤儿归家的声音。这声音，我再熟悉不过了。

据说瞎婆接连生了五个儿女，其他四个姊妹要么病死，要么饿亡，就留下兴发这根独苗儿，指望他兴旺发达起来。兴发娘原本有一双明亮清澈又好看的大眼睛，可惜在痛失四个爱子的恸哭中，瞎了。兴发大我两岁，我们两家隔一嗓子远，儿时我俩老在一起玩耍，有时玩过了头，忘了吃饭，也不知道饿。有一回，我跟兴发到东荆河玩水，玩到天色黢黑麻乌的也不晓得回家。

"吃饭哪，兴发儿——"

忽然，天地之间响起了瞎婆的喊声，我俩一个激灵，感到肚子饿得咕咕咕直叫唤，就急忙爬上岸，往家跑，半道上，才记起都光着身子。我要返回去拿裤子，兴发说算了，天黑，反正没人看见。可是当我们再迈开步子时，却没了方位感，我们迷路了。我吓得大哭起来，兴发却没事似的从瓜田里摸个香瓜，递给我说："莫怕，先填填肚皮……听我娘的喊声，保准能找到回家的路。"

漆黑的夜里，我们静静地等待着。

"听——"兴发激动地攥紧我的手。

恍惚中，我们从喊声里仿佛看见一位老人一手掌灯一手护着摇曳的一豆灯火，跟跟跄跄、忽闪忽闪地向我们走来，且这灯火随着喊声的不断清晰、洪亮而变得愈发明亮。于是，我们的步子，也变得顺畅、明快起来。

兴发十岁那年，瞎婆守了寡。孤儿瞎母的，改嫁没人要，上门更没人肯来，瞎婆也死了心，就摸摸打打地抚养万家唯一的后人。兴发好学，但成绩不好，老是全班倒数前三名，老师就时常留下兴发补课。晚饭的当口，瞎婆会准点立在台阶上喊儿子吃饭，比上课铃都准时。瞎婆的喊声极具穿透力，总是挟着满满的巴望、担忧和疼爱，擦着树梢，穿过云层，蹚过沟渠，翻越堤坝，拖着长长的尾巴，横扫着天地。三遍喊过，还不见儿子回家，瞎婆急了，就用大碗扣上热饭热菜，拄着拐杖，一步三摸地送到学校，生怕儿子饿坏了肚子。

老师怕伤瞎婆的心，就悄悄走过去跟她耳语，万兴发同学留下来开班干部会呢。瞎婆听了，面露微笑。她知道儿子是班上的劳动委员，两只呆板的眼珠子轱辘辘直转，似乎立马就要放出光亮来。兴发终究没念完初中，跟大人们到生产队劳动去了。

往后的日子，我们虽没在一起上学，但瞎婆呼喊兴发吃饭的声音总是在我耳边响起。

没几年，我就进城了，远离了生我养我的乡村，还有母亲那声声啼血的唤儿声。城里没有草垛，没有炊烟，更没有母亲声声唤儿归的召唤，有的只是汽车喇叭的噪音和歇斯底里吆喝生意的声音。城里人也喊饭，但不像乡下人站在屋山头、草垛根儿或猪栏边，而是懒洋洋地坐在小车上或躺在茶吧里用手机喊。同样是喊饭，只不过，乡下人是将外出的人往自家屋里喊，而城里人呢，却是将家里的人喊到外面去。

是啊！我们乡村的孩儿，都是在母亲的喊饭声中长大的。乡下人的喊饭声，接地气，土腥味重，却敞亮，透明，清纯筋道得像一缕缕折不断的炊烟，余音缭绕，心头受用。而城里人的喊饭声，掺和了过多的烟味、酒味、脂粉味、铜臭味，藏着琢磨不透的心机，满耳充溢着世俗纷扰的杂质，却把虚伪粉饰包装得极其精美。

去年清明，我回老家给父亲上坟，偌大的坟地里，满眼都是金灿灿的油菜花，满眼都是随风飘荡的清明吊子。一只蝴蝶剪着一缕哀思向花海深处飞去，我忽地又听见了一声久违的召唤，从村口出发，又向空旷的乡野飘去："吃饭哪，兴发儿——"

我四处寻找，不见兴发的影子。这时，母亲却悄悄地抹起泪来，说兴发不吃饭了，再也听不见他瞎娘的喊饭声了。兴发今天正好满"五七"。原来兴发得的是食道癌，舍不得花钱，拖了一年多，就不吃饭了。他实指望能拖到女儿招上门女婿那天的，可在女儿成亲前一个月他就走了，还是没来得及看见女儿。

兴发走时年仅四十四岁。

村人说，四四就是死死的谐音，不吉利。

兴发虽走了，可年近八旬的瞎婆仍一日三餐地喊饭。那喊饭声，苍凉，结实，透明，分明佝偻着腰，手挂拐杖，眨巴着一双混浊的眼睛，高一脚低一脚，在村子的每一个角落奔走、寻找，好像她的兴发儿正在地里割麦、打药或是犁地什么的，一定是活儿多得做不赢，忘了吃饭哩……

歇　暑

"咦——"

娘正盯着粮仓里堆得冒尖儿的麦子乐呢，却忽地掐断笑神经，把脑门子狠狠一拍，"麦进仓，女见娘——该接女儿回娘家歇暑哩！"

歇暑，通常是在农历的六月，也叫歇六月。歇暑，确切地说，是江汉平原乡村专门为出嫁的女儿回娘家兴下的礼节，日子一长，就成了风俗。

歇暑，说白了就是娘跟女儿之间的事，尽是些婆婆妈妈、家长里短的家常话，在"接"与"送"上，也极具仪式感。先是娘去婆家"接"女儿回娘家，歇完六月，娘又"送"女儿回婆家，一路上，娘儿俩都不愿分手，就东拉西扯、没话找话地说一些青菜萝卜、鸡鸭猪狗的事，人没进屋呢，话就装了几大箩筐。

要知道，女儿远嫁，最舍不得的，是娘。

不管多忙碌的日子，娘都要杵着锄头把或是扳着门框子，盼女儿早些回娘家，可谁知，女儿在婆家也是家里户外忙不停，一刻儿也脱不开身，忙碌得就像那首民歌小调《回娘家》唱的那样："油菜开花黄又黄呀儿哟，爹娘接我回娘家呀啊，栽秧割麦两头忙，我哪有闲空回娘家呀儿哟……"可不，麦子一进仓，娘等不及了，就赶紧颠起小脚去"接"女儿，没承想，半路上，娘俩竟撞了个满怀……谁说"嫁出去的女，泼出去的水"？女儿，也巴心贴肝地想着回娘家哩！

从"芒种打火夜插秧"一身劳碌中爬出来的庄户人，时令一进六月，腿脚一软，就一屁股坐在田埂或门槛上，歇。这一歇不打紧，不光整个身子骨散了架，关键是连心气儿，也散了，懒了，活活成了一摊扶不上墙的稀泥。是的，该割的割了，该播的播了，田野上的农事都一股脑儿地了了，剩下的就是一个字：歇。

我没想到，劳碌惯了的庄户人，竟是如此看重歇息——把歇息跟劳碌搁在同样重要的位置。

其实，歇暑，充其量不过是忙里偷闲的歇，就像晌午在树荫下枕着锹把打个盹儿，醒来后，该干什么还是干什么，只是劳动强度没有栽秧割麦当口大；或者类似于万忙之中磨一把刀——磨刀不误砍柴工哩……风似乎是从天边吹来的，树叶婆娑起来，窸窸窣窣地筛下一些雨点子，一粒一粒的，像豆。雨不知是什么时候开始的，同样也不知什么时候结束。连阴雨，谁说得准呢。

五月旱不旱，六月连阴吃饱饭。节令一入梅，连阴雨就没完没了地下起来，乡村就会湿漉漉地氤氲着一种可人的地气。六月的乡村，是一个多情的雨季。六月雨，就像是毒日下的一伞阴凉，可心得很，人乘凉，苗疯长，谷灌浆，万事万物都在吱吱有声地拔节。一切都葱茏着，生长着，就连人的精气神也在雨水里发芽。坐下来，望着一帘檐雨，人就有了闲心逸情，或遥想，或展望，或感伤，或眷念……做娘的自然就要想起远嫁的女儿，想清明前后，种瓜种豆，五月又是栽秧割麦两头忙……啧啧，人怕累得脱了一层皮，该接女儿歇六月了。

说是回娘家歇六月，其实女儿一刻儿也没歇下，刚帮爹娘洗净床单、蚊帐，又拾起针头线脑儿，想给娘老子各纳一双养脚的千层底。娘心疼，就埋怨，说："前些日子农活还没做够？要你来歇就好生歇着，哎……跟你娘一样，劳碌命，歇着吧……儿！"女儿听见娘的一声"儿——"鼻子一酸，泪就下来了，比针脚儿落得还密实。

做爹的可想的不一样，一脑子都是田里的那些瓜瓜豆豆们。

雨还在下，没有住的意思，怕没个三五日的停不了。不能再等了。做爹的就披蓑衣，戴斗笠，扛上铁锹，光着脚板子走进雨帘，走进一刻也离不得的土地。什么都可以耽误，可田里的农活耽误不起。人误田一时，田误人一年。不好啦！刚插下的二亩晚稻秧怕要淹了，得赶紧开田口子放水，秧苗一旦水"冒顶"，就像人打了一场摆子，蔫不拉叽的没阳气不说，主要会影响往后的发育生长。妻好一半福，秧好一半谷。这秧苗的田间管理可是大事哩。大多时候什么活也不做——主要是没活做，就甩着两只空手，在田埂上来来回回地走动，或者说磨蹭。末了，再立在田埂上，注目一畦畦见雨就长的秧苗，心窝子也会跟着蹿出一株嫩绿的藤蔓。脚丫子好痒，低头一看，呀！一条蚯蚓正从脚丫子弯溜出来，弯弯曲曲地向村头方向，拐，就拐出了村子上空同样是弯弯曲曲的袅袅炊烟。

雨，淋湿了天，淋湿了地，却淋不湿炊烟。炊烟总是以它惯有的姿势随心所欲地升起，当然，一同升起的还有脆生生有些烫手的缕缕麦香。

这天，断了线的雨珠子砸在厨房的亮瓦上，叮当叮当，脆嘣儿响。响声，从厨房滚到堂屋，滚到正在绣花的女儿脚下，和女儿稍一动就嘎吱嘎吱乱响的竹椅声中，手一抖，针扎进指头，心，就乱了……女儿干脆丢下花绷子，一头扎进厨房。

"娘——"

"就等你来哩！"

娘用微微颤动的背影说。

娘没转身。娘不是不转身。娘忙。娘忙得腾不开转身的工夫——正用一块崭新的抹布抹案板，又往案板上刷一层黄亮亮的油。案板上有一盆面。面是昨晚发的，只一宿，面就饧了，白白的，鼓鼓的，像一朵硕大无比的蘑菇，盛开在洋瓷盆里。娘伸出一根指头，一按，面团就陷进去好深，可指头刚一抽，陷下的面窝窝又鼓起来。娘五指并拢，在面团上拍了三个响，"啪——啪——啪——"声音混在亮瓦溅出的雨声里，明亮，柔韧，瓷实，有着十足的力道和糯性。

"好面哩！"

娘感叹，还是你胖婶家的老酵母好啊！

老酵母，是从村头的胖婶家传过来的，就一坨，很小，竟发酵出了一大锅麦面，胖乎乎，圆溜溜，像胖婶肉叽叽的手。胖婶家的老酵母，酵劲大，筋道足，发酵出来的面，柔，韧，糯，口感好，据说是从胖婶娘家传过来的。胖婶家的一坨老酵母常常是从村头传到村尾，有时，还随了远嫁的女子传到村外的村外……村上的女子们都是吃着娘的麦面粑粑长大的。

每年，一进六月门，爹就要担着新麦磨一些面粉回来，囤着，供娘隔三岔五地做麦粑粑打牙祭。麦粑粑只有歇六月才有闲工夫做。农忙是别想吃麦粑粑的，那时节，人人忙得胳肢窝里都恨不得长出一只手来，一身臭汗回家，锅盖一揭，坏了，饭不够，就下面疙瘩，乡下大都叫鸡脑壳。下鸡脑壳简单便捷，麦面只消用水一发，筷子来回搅几下，再将麦面用筷子一坨一坨丢进沸水锅里，眨眼间，这些形似鸡头的东西，就会一一浮上水面。现在，这玩意儿特别受城里人宠爱，且赋予了一个极其美妙诗意的名字：水上漂。

所以，庄户人做的是活路，吃的是工夫。

做麦面粑粑讲究可多了。面，一定得是老酵母发的，那老酵母真神奇啊，只那么一小坨，就能发一大盆胀鼓鼓的好面来。娘说，发面、起面、揉面，是蛮有路数的，酵母放多了，面就会饧得早，趴了，没了力道；面起早了，会成疙瘩；起晚了，就会发酸，馊。揉面，是个细活儿，就像村姑绣花描朵儿，一针一线，使的全是心劲儿。

"姑娘家看绣花，当家的看做粑。"娘说："来，你给好生盯着——"女儿心一动，娘，我的娘，是要把她做麦粑粑的看家本领，手把手地传授给我哩！

娘开始揉面，一指一指地，似乎浑身的力气都注入到了指尖儿。麦面粑粑做好后，就是下锅煎或蒸。煎，就是先将粑粑贴在铁锅四周，锅底一次性放好适量的水，再用锅盖盖严实。柴火一定得是稻草或麦草，火，大不得，也小不得，更断不得，得是文火，悠，一气呵成。锅盖一揭，一股麦香就溢出来，呈金黄色，手执锅铲一铲，麦面粑粑有硬有软，挨锅的那面又焦又黄，咬一口，脆、酥、香。蒸，就先把用南瓜叶或者荷叶包好的粑粑放进篾蒸笼，灶膛的火，正好跟前者相反，越大越好，待蒸汽和麦香胀破厨房时，蒸盖子一揭，又多了一种白嫩绿色的味道。

未嫁时，女儿只顾享用娘做的这些美味，从没像今天这样仔细地揣摩娘做麦粑粑的每道工序，从发面（酵）、起面、揉面，到下锅、点火，她盯得连眼皮都不眨一下，然后又一五一十地默记于心。娘呢，也从没像今日这样不厌其烦地唠叨过。

"粑粑做得好，膝下娃儿吵。"

娘说，这才像是过日子的样子呢！

这个六月，歇得好，竟"歇"了一门当家手艺。

六月一歇完，早稻该开镰了，女儿的心思就"嗖"一下飞回婆家。做娘的何尝不知？娘就用疼爱不舍的目光打量女儿一眼，嗫嚅老半天，就是把那个"送"字说不出口。女儿呢，笑眯眯地望定娘，磨磨蹭蹭，支支吾吾，等好不容易叫出一声"娘——"却欲言又止。

娘忍了又忍，就把"儿——"忍在心头。娘清楚，这声"儿"一叫，娘儿俩就得分开了。

娘把女儿"送"出了门，一路上，鸡飞狗吠牛羊叫。拐个弯，就出了村子。娘和女儿都站住。娘笑，女儿也笑。娘抚了抚女儿被风吹乱的刘海，笑纹里似乎藏着一丝酸楚，心说，我是娘哩，做娘的不懂得女儿心思，还配做娘吗？又说，都说母女连心哪，娘早就看穿了你心里装的小九九哩。

娘的指头抖了一下。娘抚到了女儿额上一条皱纹。老半天，娘才晃过神来，从贴胸的口袋掏出一团荷叶包裹着的东西，塞给女儿。手一捏，软绵绵的。

"回吧，到家了再看……"

可是，没走几个步子，女儿就迫不及待地打开荷叶，竟是一坨温乎乎、肉糯糯，熏得眼泪水泛滥的老酵母。

秋老虎

农谚说："立了秋，万事休。"

晚稻正在打胎，棉桃还没张口，农活们都缩在袖口里，老不肯出来。

可农人不肯"休"。男人们老茧上又裂了口子的手总是闲不住，就将割罢早稻的镰刀拿出来磨，还有在屋角打盹儿的犁耙也扛出来修整，为秋收秋播做准备。女人也闲不住，都商商量量地到自家的草垛根儿绞草要子，扯一些无油盐的闲话，女人们的闲话，就像手里绞着的草要子，长得能捆几垄稻子。邻居家的一只花母鸡冷不丁从草垛里咯哒咯哒地飞出，一翅儿，就剪上了屋顶。女人从草垛里掏出两个鸡蛋，嘿，还是热的，见邻居家的女人没发现，就像捡了个元宝似的揣在荷包里，想割把韭菜，晌午饭就多了碗韭菜炒鸡蛋哩。

男人一直闷声不响地埋了头做着活路，一抬头，日头就爬上了树梢。日头像炉火里的大碾子，红红的，又透着几分蛋黄。光晕麦芒似的扩散开去，早晨的几叶凉意就飘零了，门前的葵地，就蔫头耷脑地卷巴起来。

"立秋了，还这么热！"男人起身，擤一把鼻涕，甩出去老远。惹得一群鸡们过来抢食。

"秋老虎呗！"女人将晌午饭端上桌。

男人就着一粒盐豌豆抿了一口老白干，嚼，就看见黄狗把鸡们一个一个地轰走——有一只飞到了草垛上，留下黄狗独自有滋有味地舔那摊鼻涕。三杯酒下肚，躁得慌，男人就脱掉汗衫，光着身子，喝，兴奋了，就扯起嗓子干吼："秋老虎呀，热得吼呀，吃豌豆呀，喝闷酒呀，收完秋呀，庆丰收呀……"尽是即兴瞎编排的。

黄狗盯了一眼男人，躲在树荫下，望着日头，吐出拃把长的舌头，一口紧一口地，喘。

江汉平原的秋，就是这古怪脾气，一会儿温存得像待嫁的村姑，一会儿又暴躁得像个后生，热冷无常，疯疯癫癫，真不好侍候。

农人开始一趟接一趟地往田里赶，注意调节好杂交晚稻，搞好棉花的后期田间管理。晚稻和棉花是秋里两宗当家农作物，马虎不得。农作物跟人一样，你怠慢了他，他就跟你过不去，让你晚稻割瘪谷，棉花收烂桃，一年的收成就成了一把抓不住的秋风。

这时节，农人最怕的是日头打盹，秋风不露面。秋风一露面，天就开了，天一开，日头就红红火火地出来了，有了日头，雾就散了，霉气也知趣地跑光，谷子会一粒一粒地黄穗，棉花也会一朵一朵地绽白，日子呢，就在风风火火中有黄有白地有了盼头。

嗬！真是天放秋风，人收夜雨。你看，谷子说黄就黄了，灿灿的，像镀了层金粉；棉花也一朵两朵地盛开，远远看去，是棉花吗？不，一定是天上的白云不小心落到大地上；芝麻也一节一节地熟了，倒个个儿，籽们就听话地散落在铺好的包袱或席子上。

春种一粒粟，秋收万颗子。秋收是最忙碌的，也是最有收获的。男人朝手心吐口唾沫，双手一搓揉，攥紧镰刀把，谷子就成片成片地倒下。谷子刚收镰，就提了镰刀割黄麻。黄麻大片大片，像林子，到处都是。黄麻有一人多高，遮死了天，割一大片麻，天才肯缺一块。麻还是泡在那条田沟里，死水好泡麻。来年，沤过的麻泥散在田里，插枝铁树也能开花呢。女人们头缠毛巾，腰系围裙，忙着摘棉花。花是头茬花，朵儿大，白得赛过云，心里就喜过了头，扯起嗓子就唱："八月中秋节，太阳火样热，棉花炸得白如雪，摘都摘不彻（赢）……"

不是刚丢下扬谷的木锨吗，风怎么就成了月白色，梢在身上，生生浸骨。真是一场秋风一场凉啊！添件秋衣吧，可竟还有光着膀子做活的。秋日乱穿衣。真没说错。

秋天的夜来得早。月亮刚点灯，男人和女人就坐在月亮地里剥棉花。月光是白的，棉花是白的，连日子也白得银灿灿。娃儿们也来凑热闹，比赛着唱那首《月亮婆》：

> 月亮婆婆跟我走，
> 走到我家大门口。
> 端把椅子门前坐，
> 书不读好不放手。
> ……

猪栏里突然传出了母猪临盆的嚎叫声。男人和女人赶紧跑去。一会儿工夫，母猪就产下了一窝崽。

"几个？"女人问。男人就将拇指跟食指一拤。女人说："要得发，不离八，好！"两人盘算了一番秋后猪崽的价钱，月亮就偏西了。

"睡吧，天不早了，明早该播大白菜了。"

"你过得还快些？"

"嘿，都白露了！"

男人一惊，就看见，秋老虎的尾巴，在月光里一摇没了。

菜花黄，疯子忙

菜花黄，疯子忙。

没了家，丢了娘……

我敢断定，乡野里的油菜花，一定是被这首忧伤的歌谣染黄的。那扯天连地又撩心的油菜花啊，总是金灿灿、黄亮亮地向天边恣意地铺展开去，风秧子一漾，似乎梦的尽头都被写意地涂抹成了一种颜色：黄。

菜花黄，黄菜花，还有一个黄疯子。这是一个令人容易伤感的季节。我一直都在纳闷，是铺天盖地的黄菜花将她拽出来的，还是我们的歌谣将她唤出来的？我只知道，反正油菜花一开，或是我们这帮小淘气的嗓子一开唱，她就袅袅娜娜地出现在野外的阡陌、田畴、河堤……疯。用大人的话说，那疯女人把姓都疯黄了。

倒也怪，她偏偏姓黄，我想，她的姓氏怕也是菜花子染黄的吧。

从早到晚，就见她兀自在菜花地里忙，唱啊笑啊，当然也哭。如果遇上我们这帮小孩围观助兴，她更像个人来疯，疯到了一种癫狂的状态。

"疯女子，来一段《嫦娥奔月》。"二狗一发话，我们也跟着起哄："嫦娥奔月，嫦娥奔月……"

疯女人听了便朝我们打个手势："音乐——"

我们就捡来砖头瓦砾，"咚咚锵，锵咚咚"地敲打起来，其间偶尔蹿出一记尖厉的呼哨。于是在杂乱无章但绝对热闹聒噪的音乐中，黄疯子两眼发亮，眼珠子骨碌碌转动，水袖一抛一收又一甩，就在羊肠子似的田埂上，碎起了莲花步，飘飘欲仙的疯女人突然一个趔趄倒地，似乎被人推进苦海，整个身子瑟瑟发抖……老半天后，她才披头散发仰天长叹，一声"苦哇——"带出了一段凄切幽怨的歌子：

> 我本是天上月宫一嫦娥，
>
> 却落得下凡人间来遭孽……

尽管油菜花不时绊着她的双脚，但她的步子仍是碎的，柔的，标准的莲花步一点儿没走样，歌呢，像刚从咸菜坛里捞出来的一样，酸唧唧的。

一只花蝴蝶飞来，落在她枯草似的头发上，随了歌子的节奏扇着翅膀，二狗伸手去捉，花蝴蝶"嗖"地飞起——其实是在疯女人头顶盘旋，舍不得离开这歌子。疯女人捧着空空洞洞的双掌，两眼却苦巴巴地望着花蝴蝶幽幽哭诉："哥啊，你好狠心，宁可化作蝴蝶飞呀飞，就是不肯做夫君；哥啊，你快快回，回到我的手掌心……"

没想到，疯女人真把花蝴蝶唤回到了掌心，她轻轻捧起花蝴蝶，像捧起一个凄美的梦。

我觉得还不过瘾，催她再来一曲《寡妇哭坟》。疯女人瞪我一眼，一根手指朝我一戳，尖起嗓子道："你这个小妖精哪——"就将抛向半空的水袖袅袅娜娜地收回来，三抖五抖地掩在脸上，扯出一声尖细悠长的"夫啊——"：

> 三月里，是清明，年轻寡妇哭青春。
>
> 别人哭的父母亲，奴家哭的是夫君。
>
> 有夫在，有世界，门前的杨柳我夫栽；
>
> 无夫在，无世界，门前的杨柳东倒西歪；

有夫在，有世界，亲戚朋友通往来；

无夫在，无世界，亲戚朋友两丢开。

……

疯女人双膝落地，哭个没完，以至于我们怎么拉扯她，她就是不起身，光知道哭。

"疯女人入戏了——快跑！"

小伙伴们怕了，都纷纷逃回家。可我不敢回家，我知道闯下祸了，怕被娘打屁股。

天，渐渐漫下黑来，淹没了菜花无边无垠的黄。唯有疯女人的歌子在一阵阵晚风中泛黄。

"娃他娘——"

"娃他娘——"

漆黑的夜里又响起"旱烟锅"的唤人声，一声长一声短的，锯着人们的心。"旱烟锅"是疯女人的男人，整天不离烟锅儿，还瘸着一条腿。他吧嗒一口烟，喊一声；喊一声，又吧嗒一口烟。加之脚下有高低，那声音就有了辛辣、颠簸、惨烈的味道。

娘自然又打了我的屁股，责怪我不该这样作践黄婶。

娘说："你黄婶她命苦，活得不容易啊。"娘的话我没怎么听进去，我捂着疼痛的屁股蛋，想的却是另一码子事，疯女人的丈夫不就是"旱烟锅"吗？她男人明明活得好好的，咋个要哭夫君呢？

关于疯女人的身世，村子没一人说得清的。娘说不清，娘的娘也说不清，但有一点是全村人认定的，那就是只要油菜花一黄，黄天黄地的乡野，就会出现一位"嫦娥"，头插黄菜花，手捧黄菜花，或一路手舞足蹈地疯跑，或一路哭泣，或一路歌唱：

再难回弯弯曲曲的田野小径，

再难听清清澈澈的泉水淙淙。

我只有挥衫袖寂寞起舞，

我只有抬望眼寄语声声。

倘若是盛世年华太平宁静，

倘若是麦浪起伏五谷丰登；

我情愿冷落无邻血凝冻，

我情愿寒月凄清度晨昏。

从此后每到月华升天际，

便是我碧海青天夜夜心。

……

一曲《嫦娥奔月》，唱得缠绵恓惶，有板有眼，渗透着人世间的悲苦。她不光把自己唱进了戏里，还把村人带进了戏里。就有人感叹，这女人天生就该活在戏里头。

"嘿，她本来就是唱戏的。"有人就说，多年前她在镇上的花鼓剧团唱花旦，是台柱子。她常年跟"公子"搭戏，出双入对地扮演夫妻，演着演着不小心假戏真做一头栽进戏里，以身相许，没想，"公子"另寻新欢，当了陈世美，把她一人扔进美妙虚幻的戏里，不能自拔，疯了……

"唉唉——"娘又抹起泪来，"戏呀戏，一个屁，怎能当真呢！"

那年，油菜花染黄了整个村子。村里来了一对现实版的进京寻夫的"秦香莲"母女，母亲牵着三岁的女儿在漫天漫地的油菜花海里，穿梭、呼喊、哭号……村上的戏迷一眼认出是镇上花鼓戏剧团的"旦角"，那小女孩是"旦角"和剧团的"公子"生的……老光棍"旱烟锅"坐在田埂上，不紧不慢地吧嗒着旱烟锅，似乎跟着疯女人的戏文跑了一圈龙套后，陡然回到现实——被一口浓烟呛下几颗泪疙瘩，烟杆往腰上一别，径直走向疯女人，把娘俩带进他的破草屋，从此过起了平平淡淡的日子。

可是，只要菜花一黄，疯女人就会自然而然地发疯、演戏、入戏，开始她没完没了的演绎。"旱烟锅"呢就吧嗒着烟锅，当她忠实的观众，有时，还被疯女人硬拉进"戏"里，像模像样地演一回。这一回，疯女人拉开架式真刀真枪地抡起一把锄头，在堂屋里薅草，唱腔是一段西皮散板：

> 回头青，无良心，前头薅，后头青；
> 绊根草，似马跑，左边薅，右边绕。

薅着薅着，手里的锄头就薅到了"旱烟锅"的脑袋上：

> 绒毛草，绒丝丝，薅十遍，都不死。

"旱烟锅"忽然"啊"的一声，满脸血污地倒在堂屋里，四肢摊开，双眼一闭，说"死啦——"

疯女人见锄下的"绒毛草""死"了，才肯住下手，咿咿呀呀地边甩水袖边唱：

> 一个苞谷一个窝，一个妹子一个哥，
> 苞谷长在窝窝里，鹰子啄米也不脱。
> 妹子躺在哥怀里，铁链子拉来不挪脚。

"死了"的"旱烟锅"这才坐起来，抹一把满脸的血水，眯了眼，望着唱之舞之的女人："嘿嘿嘿，唱吧唱吧，看你几时唱得醒哩！"

油菜花似乎是在梦里凋谢的，疯女人的梦也随之凋零。她又变得安静而忙碌起来。以前发生的事好像压根儿跟她无关，只是见了"旱烟锅"青一块紫一块的脸，会问："又在哪儿摔跤了？""旱烟锅"装着不好意思的样子，说不小心田沟里摔了一跤，说得有鼻子有眼的。疯女人听了，伸手摸"旱烟锅"的脸，心疼加埋怨："你看你，你看你，跟小娃子似的，走路脚也不长眼睛。""旱烟锅"就别过头去，猛地吧嗒一口烟锅，呛得一脸泪水。

不知哪年，反正是菜花黄的季节，我踏着疯女人的歌声，从村头走进了城里。我是捧着一束油菜花和疯女人的歌声上路的。

我没想到，这一回竟是疯女人的绝唱。

去年清明，我回乡下给双亲上坟，偌大的坟场上，只有一个坟茔开满了金黄金黄的油菜花。堂叔说那是疯女人的坟。这会儿，她保准在那边唱得欢呢！

　　菜花黄，疯子忙。
　　没了家，丢了娘。

一群孩子欢蹦乱跳地穿过漫无边际的黄菜花，撒下一路金黄的歌子。菜花黄，黄菜花。疯女人走了，可关于她和她的歌子，还在。

我把稻子喊娘

稻子是我娘。

确切地说，我娘名叫稻子。

稻子，一个土得掉渣抑或很卑贱的名字。打记事起，我的耳门就被人"稻子"长"稻子"短地灌起了茧子。尤其是一些小伙伴们，更是拿"稻子"当歌唱，动不动就故意冲我"稻子""稻子"喊叫，喊得我火冒三丈，抡起棍子一路追打。

就是，我特别反感别人把我娘叫"稻子"。可我娘呢，偏偏名字就叫稻子。

老实说，稻子，单单就粮食植物名而言，我是蛮喜欢的。可一旦当作人名扣在我娘头上，我就有了一种本能的反感。

稻子，一年生草本植物，叶子狭长，花呈白色或绿色，是我国重要的粮食作物。在乡村，关于稻的称谓有好几种，比如稻子、谷子，也有叫稻谷的。而在江汉平原水乡，通常都称作水稻。当然，稻谷去壳后，就有了一个天下通称的学名：大米。

水稻，注定是水里生长的植物。它不像黄豆、芝麻、高粱，抑或麦子、棉花一类农作物，可以在旱地里生长。好在家乡潜江自古就是"鱼米之乡"，加之又位于"千湖之省"的腹地，湖广水阔，一派沃土，不小心遗落一粒谷子，就会长出一株葳蕤的水稻。无疑，我的家乡，是水稻落户并繁殖后代的最好去处了。

水稻，水稻，"水"与"稻"自然是天生一对，不可分离，就像一母所生的双胞胎，而繁衍、孕育水稻的胎盘或者说母体，就是水田。

无论水田还是旱田，都统称农田。关于农田常用的几种耕作方式，我也曾经使过。"田要深耕，儿要亲生。"这句水乡极为流行的农谚，说明庄户人很看重耕田，竟把"田"跟"儿"放在同等重要的位置。显然，只要你深耕细耙地热络田，田呢，自然就会像亲生的孩儿一样，依你，顺遂你种瓜得瓜，种豆得豆，要风得风，要雨得雨。

在播种插禾之前，所有的农田，都要经过"三耕三耙"的工序，僵硬的土地方才熟醒过来。尤其是冬眠的冷浸田，更是马虎不得。我记得老家有一片湖田，叫陷牛湖，顾名思义，就是能陷住牛的湖。陷牛湖是一片阔大的水域，良田万顷，也是几个村子的口粮田。湖水不深却广，湖泥的质地黑而糯，黏性十足，一旦耕牛四肢陷进去，是很难抽腿爬起来的。每年春耕当口，陷牛湖陷下几头牛是常有的事。牛被陷住，往往是突发性的，犹如人不小心一脚陷进沼泽地，越用力往起抽，就越陷得紧、陷得深，好像水鬼直往下死拉活拽一样。眼看着牛陷进去齐了脖子，可急煞犁地的农夫，就慌不迭地朝四下喊一嗓子"陷牛了"！这时，就会有人撂下犁尾巴，捎上"撬牛棍"跑去帮忙。撬牛棍，一根质地坚硬的刺槐，五尺长，碗口粗，每家每户都有，以备撬起陷进淤泥里的牛。男人下地耕田时，都要带上撬牛棍，既是给自家带的，也是为他人备的。帮别人，其实是在帮自己——说不定哪天自家的牛也陷入泥沼了呢。

面对越陷越深的牛，农夫们没有惊慌失措，而是十分熟练老到地分别将四根撬牛棍的一端，斜插在牛的前胯和后胯间，然后又在撬牛棍下放一个木桩做支点——类似于千斤顶，另一端双手握紧，最后四个汉子一齐朝牛"哒哒"大吼的同时，把撬牛棍猛力往下压，压，压……陷下去的牛，硬是一身泥水四溅地给撬了上来……惊魂未定的牛似乎晃过神来，牛尾巴一甩，扬起脖子朝天"哞哞——"叫唤。有一声正好落在田埂上，惊了砍界边草的女人们：

“哎呀呀！撬起了，撬起了！”

“看你说的，哪有男人撬不起哩！”

“……”

光是笑，一阵紧似一阵比风还野的浪笑。几只田雀扑棱棱飞起，在笑声里盘旋一会儿，又呼啦啦四散开去，胆子大的，竟落在农人的斗笠或者黑水牛弯弯的牛角尖上。

娘呢，不声不响地扎在女人的笑声里，弯着身子，含了浅浅的笑，一镰续一镰砍着界边草。一条蚯蚓从土里钻出来，弯弯曲曲地爬行着。娘心头一悸："呀——好险！"娘放下镰刀，颤着双手捧起蚯蚓，一肚子的后怕："啧啧，险些伤到你了，险些伤到你了。"娘说着就要把蚯蚓放生，可蚯蚓不肯离去，在娘的手心缠绵。

"去吧——"

回到水中的蚯蚓，似乎回头看了娘一眼。娘的手掌、指尖黏糊糊的一片湿，那是蚯蚓的泪。

锅边的粥，界边的谷。娘自然晓得这个理，就在秧苗下田之前，把界边上的杂草砍一遍。水乡田界上，长的大都是绊根草。绊根草，似马跑。绊根草不除，就会像马似的"跑"到田里，一夜之间迅速铺开，把禾苗的手脚和腰身绊住，不让其发育生长。没几天，绊根草"跑"遍整块稻田，盖住或绊倒秧苗，将其沤烂或渍死，待发育、分蘖、孕穗期一过，秧苗就荒了，即便最终长出一些稻子，要么畸形丑陋，要么枯黄干瘪。一年盼到头的收成，就这样泡汤了……娘偶尔抬头，望一眼地里耕田的父亲，牛、犁、人——正三点一线缓缓走着哩。娘的心，就落在了田界上。

陷牛湖的地，肥，稠，有黏性，落籽生根。这么说吧，如果随手插一只牛角，就会长出一头牛犊。自然，也是最适合水稻生长的。只要秧苗一挨泥，隔夜就会扎根伸须，三五天返青，遇风就长，逢雨就蹿；无须施化肥、和泥、打药，尽管随了节令，拔节、分蘖、打胎、扬花、灌浆、吐穗……跟着日子顺风顺雨地走哩。

收割稻子，庄稼人一律叫开镰，就是开始下镰割谷的意思。

关于割谷，准确地说，收割陷牛湖的稻谷，是一个极其烦琐也是极其繁重的体力活。

先说放南铺。所谓放南铺，就是趁南阳风火天，割谷人用镰刀把稻子一溜溜放倒，然后均匀地铺在拃把长的稻茬儿上，晒。时令一到六月，平原水乡就会刮起一股暖阳风。农人把这种风叫作南阳风。风过处，就会卷起一层层金黄色的稻浪，稻浪跟了风随心所欲地波及天际，晃花人的眼。农人哪天到田头随手掐一指稻穗，搁在掌心，一搓，吹口气，壳飞米白，拣一粒米用牙轻轻一咬，"咔嚓"一声成两半，再嚼，满口的新米淀粉，咦！稻子该下镰进仓了。

这时候最要紧的是先晒田——放南铺的前奏。稻子整个生长期离不得水，可熟到八成当儿，就得放水晒田。否则，稻梗就会蔫巴倒伏，再加上泥糊汤流的，自然会给收割带来许多不便。晒田的唯一方式，就是在稻田中间和四周挖沟，降低水位，彻底把稻田里的明水排出、暗渍滤尽，直到稻田能站得起人。

接下来就是进入实质性的收割——放南铺。这时候，手脚灵巧的村妇们就成了主劳力，就像耕田男人扛大头一样。南阳风将割好的稻子风干晒透后，不急着收，又趁着风火天把晒干的稻子翻个个儿，晒上几天。收南铺时，谷子的水分早已被蒸发掉，稻谷可碾米下锅，稻梗呢也枯焦得当柴火烧。收南铺就会轻松许多。收南铺往往都是女人抱稻子，人高马大的男人掌稻子，待稻子堆齐胸脯时，用拐起的双肘狠狠往下一压，力度不够，就加上膝盖压，直到一手拎起搁在地上的草要子，双手拦腰一捆，一拧，打个活结，就成了一个稻捆。稻捆捆完后，再用两头尖的冲担挑上肩，担回禾场。那时候，把水稻运回家全靠男人的一双肩膀两条腿。一口气挑不到家，就得半路上有人帮忙"打串"，就是接力的意思。

陷牛湖，离村子足有五六里地，没路。一到收割期，娘跟村上的其他女人一样，都是想着法子殷勤自己的男人，汤汤水水地把男人养出"油"来。她们暗自嗟叹，陷牛湖的几亩稻子，我的天！全指望男将一口一口地"含"回来哩！所以，放南铺时，女人们尽可能地把稻子铺匀、晒透，没一丝水分，最大限度地减轻男人肩上的负荷。男将可是家里的顶梁柱啊，压，可得，但，垮不得，男人垮了，这个家，就塌了。

放倒的稻子平躺在齐刷刷的稻茬儿上，跟睡着了似的，三五个风火天后，女人们帮稻子翻个身，继续让其懒在铺子上，睡；人呢，尤其是男人们，在女人的伺候下，睡个痛快。南阳风火天，稻子跟人似乎都在睡懒觉呢。女人们不让稻子跟男人睡好，是不会去"催"男人收南铺的，渐渐地，农人把"放南铺"自嘲为"放懒铺"或"放男铺"，意思是稻子割了懒得去收，让稻子和男人一齐睡懒觉，待"懒"彻底醒后，再去收稻子。

我一直以为，这不是懒。我娘和大多数农村妇女，说不出文绉绉的"事半功倍"抑或"养精蓄锐"这样的话，但她们经年累月地刀耕火种，懂得怎样用智略与聪慧，同苦役一般的农事劳作，相处、周旋、和解。

再说放泥南铺。这种收割方式，大都是在暗渍严重、未晒好的低洼稻田里。当然，我这里特指的是收割我们陷牛湖的水稻。割稻人两脚一旦下田，淤泥就会陷齐脚踝，严重的会陷到膝盖、大腿根。或许你会说，那就待田晒好了再开镰呗，可那阵子南阳风刮得正紧，真是一阵风八成熟，人等得，可谷子却等不起。一旦谷子落地，就会生根发芽，到手的收成就黄了。庄户人唯一的选择，就是放泥南铺了。

放泥南铺的窍门是留稻茬儿。这时的稻茬儿要比放南铺时的稻茬儿高出一拃，也就是两拃左右，便于铺放沾满了泥水的稻子。稻茬儿过矮，稻穗容易沾地，难以风干；稻茬儿太高，茬儿梗就会打弯，最终导致撑力不够，稻穗伏地。当然最重要的环节，就是要保证割下的稻子稀薄而匀称地铺放在稻茬儿上，以便稻子达到风干晒透的效果。

娘是放泥南铺的好手，她割的稻茬儿齐刷刷的，一溜儿平整，像村上剃头匠修剪的平头。把割下的稻子搁在上面晾晒，透风漏气，易干。而别人留的稻茬儿，大都高矮不一，坑坑洼洼，像牛羊啃过的"癞痢头"。就有人说："啧啧，谁叫她叫'稻子'呢，该她跟稻子亲，跟稻子处得好哩。"

几阵南阳风，就该收泥南铺了。收泥南铺通常是在田埂上完成的。先将拧好的草要子搁于田埂上，再把田里晒干了的稻子一抱一抱地码在草要子上，堆头码够了，再打结捆成个儿。收泥南铺也是个苦力活，得全靠五大三粗的男人肩膀扛。男人们把两个沉重的稻捆担上肩，一开步，你会看见，纵横交错的田埂或阡陌上，窸窸窣窣的稻子声伴着清一色的泥腿子，把南阳风和日头踢踏得泥腥四溅，风生水起。

最后说割水把子。水稻尽管好水，但也怕水，水稻成于水，也可败于水，正好印证了那句"水可载舟，也可覆舟"。割水把子自然是在闹水患的时候，地势低洼的湖田被水围困，眼看着到手的稻子就要被大水淹没，庄户人不得不蹚水收割。

割水把子，是最烦琐、最耗工时的一种收割方式，也是出于无奈的唯一选择。割水把子，镰刀派不上用场，而是用一种比镰刀的弧度小了一轮的割镰。割镰布满了锯齿，一旦咬住稻梗，会发出一阵细碎、轻微的呢喃。割水把子有几道不可忽略的程序，依次为打草结、割稻、捆把子、站把子、收把子。头一镰，是割下一株相对茂盛修长的稻子，在稻梗根部打个结，再将草结分为两股，呈"丫"字形摆放水面；割稻时也跟放南铺和泥南铺有区别，前两种是握稻梗的左手虎口朝下，握镰的右手朝怀外运力。而割水把子恰恰相反，是左手虎口朝上，攥住稻梗，等着握镰的右手朝怀里撩过来，只听嚓啦一声，稻梗就应声倒下。这样连续割三五把虎口水稻，叠入草结，再搁到膝盖上捆成个；每捆上一个水把子，就把水把子稳稳地"站"于田埂或者高坡上，这就是站把子。把子跟把子之间要有一定间距，便于通风滤水。偶尔，有蛙鼓点子溅来，清亮惬意得很；接着一只野鸡从稻把子间惊飞，前面不远处一定有一窝野鸡蛋等着你呢，想想晚餐多出一盘韭菜炒野鸡蛋，一身疲劳就没了。一条菜花水蛇游过来，在两腿间穿梭，不知何时咬住了腿，莫管，割谷要紧呢，水蛇没毒性，就当是搔痒痒；听不得水响的蚂蟥们，也荡过来凑热闹，叮着腿肚子吸血，好痒！受不了，就随手扯掉一肚子血的蚂蟥，甩到田埂上，血慢慢从腿上浸出来，洇在水中，稀释成一片水红，疑是莲花嬉水。水把子通常以三拃为宜，太短，站不稳，太长，又容易招风伏地。割一亩水把子要费一天的工夫。等水把子彻底风干，多为一个礼拜。在南阳风泛滥的日子，放眼望去，广袤的田野上，那一溜溜迎风站立的水把子，像一个个稻草人，把田野站成了一道别致的风景。一溜南阳风悠来；糊满泥巴的腿肚又爬出一丝痒来，用手一抠，是一条鼓胀胀、滑溜溜的蚂蟥，血从腿上冒出来，抠一坨泥巴黏上，血被止住，南阳风一吹，混合着稻香、泥香、风香的血泥，就风干成了泥壳壳，用脚背轻轻一蹭，脱落于地，捡起摊在掌心，瓷实，光滑，光泽度好，就像一枚光可鉴人的血八卦，舍不得扔哩！

收水把子的工具依然是收南铺的草要子和冲担。

在陷牛湖成片成片的水稻中，你还会看到少许稻梗、叶子和谷子都要比普通水稻修长的稻谷，这就是黏性十足的糯稻，加工后的糯米是农家打糍粑、煮汤圆、酿米酒、炒米糖的主要原料。娘时常用糯米变着花样儿地给我们做糯食，换口味。

我进城后，仍在老家耕作的父母，每到新米的茬儿口，都要为我送一些陷牛湖出产的大米来。陷牛湖的大米颗粒饱满，白，瓷，养人，口感好。蒸的米饭松活、鼓胀，散发着一股清香；如果原汤原汁烧成锅巴饭，咬一口，脆嘣脆嘣，响而香；煮的粥呢，柔而稠，喝一碗，可祛寒暖胃，延年益寿。难怪，陷牛湖的米，当年曾作为贡米进了章华台皇宫哩！

许多年后，娘离开了人世。可惜的是，陷牛湖的稻子也随着娘一起消失。昔日那片盛产优质水稻的陷牛湖，早已面目全非，被人为地切割成大个小块的鱼塘。那些曾是种粮大户的人都成了养鱼专业户。我对种了半辈子水稻的堂兄说："这陷牛湖不种水稻太可惜了啊！"堂兄说："如今的农民不是过去的农民了，满脑壳装的都是钱。"堂兄顿了顿，又说："莫说别人，就说我也不想再种水稻了，种水稻是吃力不讨好啊，哪比得上养鱼划算。"我说："国家不是发了粮补吗？"堂兄的回答仍令我咋舌："还是没有几个肯种水稻的。"我说："粮食可是人活命的主食，鱼终究不能当正餐啊。""嗬，鱼换钱了，还愁买不到大米？""如果中国的八亿农民都不种粮呢？"这回轮到堂兄咋舌了："那……那还真是个大问题啊！"

返城的路上，故乡的陷牛湖让我陷入了深深的忧患。一些媒体和专家对有关粮食问题的预测让我担忧。我不敢想象，种粮人和种粮面积的逐年减少的后果。我虽不是农业专家，能让水稻们回到原本属于它们的地盘上，可是，世人，多是靠吃大米饭活人啊！

前年，我回老家，专门请村上的第一书记喝酒，我恭恭敬敬地一连给他敬了三杯酒，我说："书记，这三杯酒，我是为我娘敬的——我娘叫稻子，稻子是粮，也是娘，我不能没娘没粮，娘也不能没粮。粮养活了娘，才有你有我有他，有千千万万每个人。人不能没粮，也不能没娘。粮是天哩！天良天良，无'米'无'粮'，'米''良'不分家啊！还我的稻子，还我的娘，我要稻子我要娘啊！"

那天，我喝醉了，醉眼蒙眬中，我恍惚看见一望无垠的稻浪向天边荡去。去年初夏，第一书记给我发来一段视频：金色的麦浪随风荡漾，退渔还田的万亩陷牛湖，通过几年的综合升级改造，不仅成为优质产粮基地（一季麦子、一季水稻），也成为生态农业观光园……我又看见了稻子。

"稻子、稻子……生我的娘，养我的粮啊！"

乡愁，是一部读不完的皇皇巨著

家乡的朋友，我叫徐肇焕，是潜江市龙湾镇红石村人。首先请允许我用久违的家乡话道一声：家乡的父老乡亲，上午好！

人间四月春光好，最美不过是家乡。

在第二十七个"世界读书日"来临之际，我在千里之外的天府之国四川借助网络向家乡的朋友问好，并和大家同庆世界读书日！

说起读书呀，我自然有很多故事和心得要和你们一起分享。

"安居不用架高堂，书中自有黄金屋。"这句关乎读书的格言警句，表达出古人特别看重读书、提倡读书、努力读书，在书中提升品质、追求卓越的美好愿景。

那么，回顾我自己的阅读和写作历程，可用一句话来概括：读书改变命运，写作成就人生。我以为，作为一名作家，读书与写作有着唇齿相依的关系，二者不可偏颇。读书，尤其是读好书，不光能丰盈我们的内心世界，更为重要的是，能观照我们的精神乃至灵魂。如果说我的文学创作取得了一点成就的话，那么，很大程度上得益于我长年累月、孜孜不倦地坚持读书。

严格地说，我的阅读分两个层面，一方面我除了用生命阅读、感知生活、人生这部大书外，就是如饥似渴地汲取古今中外文学名著，以及散落于民间的其他经典艺术养分；另一方面，那就是用一颗游子的拳拳之心，阅读家乡博大浑厚的荆楚文化和历史悠久的民俗风情。

这些年，只要一有机会回到家乡，我都要到我的出生地龙湾镇拜谒享誉中外的章华台遗址，以及潜江城内的曹禺纪念馆，等等，还要去东荆河畔、百里长渠悠闲漫步，去儿时经常摸鱼踩藕摘莲蓬的返湾湖上，阅读大自然赋予水乡天人合一、浑然天成的大美。我虽人在他乡，可正因为我的精神原乡与我的"脐罐子"，永远植根于家乡的土地，才得以长出一枚独属于我文学原乡的"邮票般大小的故乡"。换句话说，我的文学创作灵感，无不源于生我养我的潜江。比如，我入围第九届茅盾文学奖、荣获第八届四川文学奖的长篇小说《黑丧鼓》，就是以在江汉平原民间盛行、列入首批国家级非物质文化遗产保护的"打丧鼓"衍生而来的。"打丧鼓"能进入国家级层面的非遗保护，就足以说明它不仅只关乎表象的生死轮回、伦理孝道、风俗文化，更关乎其蕴藏着的楚文化和人文精神内核。在创作这部《黑丧鼓》时，我都有意无意地贴着人性、灵性、神性三个维度，来描写一草一木，一人一物，哪怕一棵树，一条蛇，一缕风，一滴水，就连三两蛙鸣，一记鼓声，也是有生命和灵魂的。我把笔触深深地聚焦于"天""地""神""人"的叙事节点和意义空间，凭着对故乡的挚爱情怀与潜沉体悟，凭着诗性而痴狂的生命气质，书写了这部"不一样"的长篇小说。

再比如，我的被《小说选刊》《中华文学选刊》转载并引起文坛关注的《芦花白，芦花飞》《半个月亮》等一百多万字的中短篇小说，以及目前正在创作的一部散文集《麦浪漾起的村庄》，大多是以家乡的东荆河、章华台、返湾湖、徐家湾为创作背景和素材。

"夜一来，返湾湖一抹黢黑。连风也是。"这是我的小说《半个月亮》的开头。说实话，如果没有家乡的"返湾湖"做"引擎"，这篇小说独有的语感、调性、叙述，以及凄美诗意的格调品质，就不可能完美地呈现。

在我看来，没有家乡潜江这部大书的恩泽与熏陶，注定我不会成为一名作家；没有家乡潜江乡土、乡情、乡音的滋养与召唤，注定我和我的这些文学作品，是没有根的浮萍、没有魂的躯壳……

俗话说，"美不美，家乡水；亲不亲，故乡人。"

此时此刻，我最想说的一句话是：感恩生我养我的家乡——潜江！

我想说，潜江——你是一脉永远在我心头潺潺流淌的乡愁；我想说——潜江，你是一部我永世珍藏于心、捧读不完的皇皇巨著！

我还想说，人生在世，不应该止步于拥有物质财富的挥霍与享受，最重要的是用广博的知识和丰厚的学养，去陶冶情操，洗涤灵魂，丰润精神世界，提升人格魅力，铸就人生辉煌。而成就人生的唯一通道就是两个字：读书。

今天，我受潜江宣传部门之邀，和大家交流，主要目的还是诚挚地向家乡的父老乡亲发出邀请，跟我一起参与阅读，爱上读书，与经典同行，与好书相伴，让阅读风起园林水乡，让书香飘溢美丽潜江。

谢谢大家！

（在潜江市 2022 年全民阅读活动启动仪式的视频发言）

花是一座城，城是一朵花

最早知道攀枝花，是在中学地理课本的矿产地图上："中国铁矿八大家，内蒙白云湖北大，辽宁鞍山与本溪……四川一朵攀枝花。"因为"攀枝花"这个独特的名字，我对这座城市产生了极大的兴趣。攀枝花，到底是一个什么样的地方？

没想到的是，有一天我会来到这座城市定居。十几年前，我从湖北来到攀枝花。从那以后，我对这座城市有了更多的了解。攀枝花因三线建设而生，是万里长江上游的一座城，也是中国西部一座美丽的城市。

刚来时，我把挫败的人生和残缺的文学梦，安顿在金沙江边一间不足八平方米的出租屋里，整天望着滚滚东逝的江水茫然无措。老实说，走一步看一步，是我当初颓败的心境。有一天夜里，滔滔不绝的江水从梦中呼啸而过，我似乎听到了一种召唤，召唤我去书写那段波澜壮阔的难忘岁月。

于是，我开始追溯这座城市的血脉。弄弄坪、瓜子坪、弯腰树、大渡口、九附六、凉风坳……这些沿用至今的老地名；"备战备荒为人民，好人好马上三线""不想爹不想妈，不出钢铁不回家"……这些老城区的大红标语，以及众多的三线建设红色遗址遗迹，早已同半个多世纪前的峥嵘岁月交织在一起，植根于几十万三线建设者的心头，成为这座城市不灭的记忆。

20 世纪 60 年代，一份主题为"国家经济建设如何防备敌人突然袭击"的报告送到毛主席的案头。由于攀枝花符合三线建设"靠山、分散、隐蔽"的要求，毛主席亲自拍板"钉子就钉在攀枝花"。这一"钉"，攀枝花就成了三线建设的重中之重，也成为毛主席最牵挂的地方："攀枝花建不成，我睡不着觉。""你们不搞攀枝花，我就骑着毛驴子去那里开会，没有钱，拿我的稿费去搞……"

1965 年 2 月，攀枝花特区成立。4 月，为便于保密，攀枝花特区改名为"渡口市"。所辖单位名称一概以"信箱"做代号。从此，蒙上神秘面纱的攀枝花，成为党中央毛主席直接掌握的国防重要密码。

攀钢基地、兰尖铁矿、宝鼎煤田、渡口大桥等地，曾留下多位党和国家领导人的足迹。三线建设一千多个项目中，攀枝花钢铁工业基地建设被放在重要位置。

一声号令，数十万三线建设大军从祖国各地集结到金沙江畔的攀枝花。一片荒山野岭的不毛之地，一夜之间沸腾起来……

李身钊，是我采访的第一位三线英雄。

1964 年 2 月的一天，正在鞍钢设计院上班的李身钊，突然接到上级通知，赴攀枝花参加科技攻关，破解钒钛磁铁矿高炉冶炼这一世界性难题。

"那年，我二十五岁。"回忆当年，老人依然很激动。他指着一张发黄的照片对我说，当时是"先生产，后生活"，苦得很。但没有一人叫苦。为解决技术难题，李身钊与同事们常常通宵达旦工作，不休节假日，放弃与家人团圆的机会。试验，失败；改进，再试验……直到最后成功。

"1970 年 6 月 29 日，当攀钢一号高炉第一炉铁水，像一条金色游龙从出铁口钻出来时，我们都哭了……"讲到这里，李身钊老人突然攥紧拳头，说："就这样，我们与困难斗，创造了普通高炉冶炼钒钛磁铁矿新技术……"

更多的李身钊们，以英雄气概和铁血豪情，不惜用青春、热血甚至宝贵生命，创造出一个又一个生产建设奇迹。

今天的攀枝花，早已融入成渝地区双城经济圈，携手攀钢全力打造世界级千亿钒钛产业企业集群，构建"攀钢钒钛产业生态圈"，实现了"百里钢城"到"钒钛之都"的华丽转身。

昔日"黄桷树下，七户人家"的攀枝花，今天总人口已发展到一百二十多万。其中百分之九十八的城镇人口，是来自全国各地的三线建设者及其后代——"攀二代""攀三代"。

"花是一座城，城是一朵花。"如今的攀枝花确实处处是花，除了地上的攀枝花、凤凰花、三角梅、蓝花楹等，还有天上常开不败的"太阳花"。"国家园林城市""国家森林城市""中国优秀旅游城市"等美誉，与漫山遍野的灿烂阳光一起，吸引着外地游客纷纷来到这里夏天纳凉、冬天晒太阳。生活在攀枝花的市民，获得感和幸福感也与日俱增。

而我自己，同日新月异的这座城一样，也发生着破茧羽化的"蝶变"：因文学创作方面的成绩，我从一名没有户口的临时工，成为一名专业作家，并获得了本地"攀枝花宣传文化领军人才""攀枝花高层次人才"等多项荣誉，还享受许多人才优厚待遇。在攀枝花的这些年里，我也有了宽敞明亮的新居，有了温暖幸福的家，有了源源不断的创作源泉。

我把家安在攀枝花，把根扎进这座城，把情播入这片热土。几年前，我放弃外调的机会，回报这座城，主动来到偏僻边远的贫困村驻村扶贫三年。

现在，到了周末，我会时常怀着崇高的敬意，去瞻仰攀枝花英雄纪念碑。我看见，那一拨拨瞻仰的人群中，有白发苍苍的"攀一代"，更多的则是"攀二代""攀三代"。我总会将目光投向那些"长大后我就成了你"的"攀一代"的后代们。

那一刻，又一篇作品的创作激情与灵感，宛若永远奔流的金沙江水，在我的心头澎湃激荡开来……

补记：2008 年 7 月 14 日，从成都开往攀枝花的绿皮火车，载着茫然无措的我以及我奄奄一息的文学梦，一路穿越黑洞洞的隧道，历经十三小时抵达人生地不熟的攀枝花，从此开启了又一轮不可预知的漂泊抑或挣扎……2021 年初，《人民日报》大地副刊"我与一座城"栏目面向全国征稿，于是，我跃跃欲试，将"我"与"这座城"的情愫，写成《花是一座城，城是一朵花》，于 2021 年 10 月 27 日在《人民日报》大地副刊发表后，获得人民日报 2021 年好标题一等奖（系二十个一等奖中唯一一个大地副刊"好标题"）。获奖评语为："花是一座城，城是一朵花"，巧妙地把城市名字入题，既反映了城市如花朵般绽放的建设成就，也映射出攀枝花这座城市处处皆是花的生态美景。标题有韵律、有美感，凝练形象又意蕴悠长。

脸　谱

向往青山

2018 年 5 月至 2021 年 6 月，我作为攀枝花市文联派驻米易县湾丘彝族乡青山村的驻村工作队员，在脱贫攻坚第一线奋战了整整三年。我把根深扎青山，我把情播撒青山，为青山脱贫攻坚与乡村振兴有效衔接，主动作为，出谋划策，做了一些有"亮点"的工作。散文《向往青山》（原载 2021 年《朔方》第 4 期），是我创作的乡村振兴主题文学作品，也是我三年来的心路历程。特收入本书，以示纪念。

——题记

谁也不信，这个穷得鸟不拉屎的彝族小村，竟有一个美丽高贵的名字：青山。

青山，一个从土司时代步履蹒跚走到今天的彝寨山村，被横贯米易境内的安宁河，远远地甩在攀西大裂谷与大凉山接壤的夹缝中。全村三百五十三户一千四百六十三名彝族同胞，世代蜗居在平均海拔两千三百米的深山老林，是典型的"开门见山""推窗见岩"的高寒彝区，也是四川省攀枝花市米易县湾丘彝族乡唯一的省级深度贫困村。

又有谁信，贫穷闭塞的青山，在 2017 年未通村路之前，六十岁以上的老人，没有出过村子。

"青山是个小地方，百年彝寨藏深山；青山是个穷地方，洋芋苞谷当主粮；青山却是好地方，绿水青山好风光……"

百年民谣，把青山与生俱来的"穷"，跟浑然天成的"美"，构成一种巨大反差，有如千年顽石，亘古不变。

然而，扶贫工作队要"变"。自打入驻青山村那天起，工作队就吃下秤砣铁了心：誓把"青山"变"金山"！

但是，在习惯了"住土房、吃洋芋、啃苞谷、喝寡酒"的青山人看来，再美的绿水青山，饱不了肚皮，当不得衣穿，能"变"个啥子嘛！

人说，穷则思变，可青山人不。

不要怕　不要怕

风起了，雨下了，

荞叶落了，树叶黄了，

春去秋来，心绪起伏，

时光流转，岁月沧桑，

阿姐撸，阿姐撸（不要怕）

……

嘶哑的歌子打九道陡拐下来，砸到回龙山，碎成一地忧伤。

在彝区，听彝族汉子吼原生态彝族民歌《不要怕》，我有一种被抽空的感觉，心头漫过一丝丝莫名的"怕"……

喝高了就吼歌，把心中的快乐抑或苦闷，吼出来，是彝人的天性与率真。

这天，细雨纷飞，我们踩着湿漉漉的歌子，朝步步陡峭的九道陡，爬去……

"一定是心头太苦，才吼歌……"第一书记向往喃喃自语："破罐子只要一破摔，肯定一败涂地，难得收拾……这咋行嘛！"

在九道陡吼歌的，是酗酒成瘾的俩酒鬼，也是全村七十三户建档立卡贫困户中，最难啃的两块"硬骨头"。

九道陡，步步陡，慢慢走，命才有……这是我们第四次去九道陡入户。俗话说，事不过三。这次，就是两块"铁骨头"，也要"啃"下来！

狗叫声突然传来。

"咋办？"我心头一悸，大有"一朝被蛇咬，十年怕井绳"的后怕。在青山，各家各户都有养狗的习惯。每回入户，只要一听见脚步声，狗就凶巴巴地大声狂叫不止……

"打嘛！"工作队员李贵钢递我一根打狗棍。

"不得行！"向往毅然打断。

"向书记，你不会好了伤疤忘了痛吧？"我盯着他还没好利索的右腿，心头一悸：十天前，我们入户走访时，一条黑狗冷不丁冲我扑来……向往抢先一步上前保护我，右腿不幸被狗咬伤。

"打狗欺主啊！"向往话锋一转，彝人历来把狗奉为"神灵"，是有典故的。

传说英雄支格阿龙射掉九个太阳后，天神降怒人间，世间一片汪洋，人们没了吃、穿、住……一只黑狗，衔着一株结籽的荞麦，涉水将一无所有的彝人救活……"人类社会中，以母为大，五谷杂粮中，以荞为大"——这句彝族谚语中的"荞"，就是传说中的"荞"。"我们工作队是来帮彝族同胞脱贫的，如果，如果我们一棍子打下去，那就把啥子都打没了……"

狗叫声越叫越凶。我们赤手空拳的三个汉子，可不能白白地送狗咬啊！

"狗随主人。"向往说，什么时候狗不再咬我们了，那就说明我们的工作做到家了，得到了主人跟狗的认可。"一回生，二回熟，三回四回成朋友——看我的嘛！"向往说着胸有成竹地朝狂叫的狗走去。

"吉摩吉西，吉摩吉西（亲戚朋友）……"向往用彝语跟狗招呼。通人性的狗，一听把它当"吉摩吉西"，一下变得温顺起来。

院坝里，两个酒鬼正"日都日都（干杯干杯）"得来劲。

一个是户主李国安——因小儿麻痹落下右腿残疾，全家老小愁吃愁穿；一个是郝荣忠——十三岁那年，因一场漏电事故，整条左腿截肢，全家靠吃救济度日……2014年，识别建档立卡贫困户时，为"争"名额，他俩曾经翻过脸……但因残致贫的相同遭遇，把两颗同病相怜的心，拴在一起，整天借酒浇愁愁更愁，愁哭了，就扯起嗓子吼："苏你苏达多多，苏你苏达多多（请喝一杯酒呀）……"吼累了，倒地就睡，醒来，又接着猜拳："哥俩好呀，五魁首呀……"

"不跟酒鬼过了！"

气得他们的媳妇，各自跑回了娘家。

当向往一瘸一瘸地"拐"到他俩面前时，二人都笑他也是"拐子"。

"优阿救（没关系），"向往笑笑，"拐子就拐子嘛，只要这里不拐——"他指指脑门，话匣子，就这样悄然打开了……

……

"站起来？"郝荣忠把拐杖狠狠一扔，"向书记，你看看，我咋个'站'嘛？"他晃着那只空荡荡的裤管，泪眼婆娑。

这一哭，戳中了李国安的痛处，他摇晃着残疾的腿，一屁股跌倒在地，呜呜痛哭……

向往赶紧搀起二人，声音哽咽："我的……吉摩吉西，吉摩吉西（亲戚朋友）……彝族谚语说得好：洗头红绳要选最长的，知心朋友要交最久的。我们先做吉摩吉西……"

从没被人正眼瞧过的两个大男人，听说第一书记要跟他俩做"吉摩吉西"，激动得语无伦次。

"吉摩吉西……"向往把二人又往紧里一搂："只要勤劳肯干，守着绿水青山一定能收获金山银山。看嘛，我们青山的一山一水、一草一木……都是原生野性天然的。俗话说，留得青山在，不怕没柴烧嘛！"

"……"二人除了抹泪，就是叹气。

"一人难挑千斤担，众人能移万座山。"我拍拍二人的肩，"既然我们是吉摩吉西，就得'一家子'拧成一股绳，誓把'青山'变'金山'。"

"嗯，我们'一家子'……"

五双汉族、彝族男人的大手，紧紧地攥在了一起。

随后，工作队就把专门为李国安家定制的一揽子脱贫方案，"抖"了出来……

李国安半信半疑。

向往拍着胸口担保："只要照我说的做，包你像彝族俗话说的那样——酸石榴，总有味甜的一天！"

我也趁热打铁，甩出一句彝族谚语："躺在床上的聪明人，不如动手干的笨人。"

李国安袖子一撸："好嘞，明天就干起来！"

第二天，李国安请来帮工，把现存的羊圈牛舍，一一修整妥当。

五天后，一诺千金的工作队又把带"喜"的三头母牛八只母羊，送到李家门上。

李国安看见活蹦乱跳的"准妈妈"们又喜又忧："这么巴适的牛羊，我咋个买得起嘛，我怕……"

"阿姐撸（不要怕）！"向往用彝语给他打气。

原来，工作队针对他家实情，以"精准滴灌"的方式，用产业扶持基金，特意挑选了这些进门就有"喜"的"准妈妈"们……

就在我们转身要离开李家时，李国安突然喊住"向书记"，脸，唰地一下红了。

"我就晓得你心头装的'小九九'呢——"向往握住他的手，"放心吧——有了金窝窝，还愁凤凰不归窝？"

几天后，向往率工作队到白马镇李国安岳父家，把他在山上山下放牧牛羊的视频一播放，他媳妇吴吉跑看后，二话不说，就回了家。

把李国安"逼"上路后，工作队又开始对郝荣忠家实施"靶向治疗"。

2017年初，郝家享受易地扶贫搬迁政策，虽解决了一家人的住房问题，可全家仍为"两不愁"发愁。

郝家坐落在村委会与野马坪景区交汇处，是那种"自带人气"的民族彝家院落，虽是野马坪景区的"近水楼台"，却一直没能"先得月"。工作队现场分析原因，帮他指点迷津：经营小卖部、川西小吃、跑山鸡……我们扳起指头一算，收入仍不够脱贫标准。

我问："老郝有啥子特长？"

"养蜂。"

老郝立马端来一盆蜂糖让我们品尝。

啧啧，又香又甜又糯，有嚼头，不涩口，不粘牙，看相好……

"真是色香味美哩！"

"嘿嘿，我家有祖传秘方……"

说者无意，听者有心。工作队揪住"秘方"不放，当场就给他"酝酿"出了"郝氏野蜂糖"品牌。

青山山高林深，草茂花香，连空气都溢着一丝甜味，是天然的养蜂场……"如果按我们说的去做，光蜂糖，一年就是这个数——"向往朝老郝伸出四个指头。

"四万？"老郝激动得摩挲胸口，"没本钱呢，我怕……"

"阿姐撸，阿姐撸！"向往打断他，明天就给你办无息贷款。

第二天，向往办好贷款就给老郝报喜："万事俱备，只欠你的'东风'啰！"

一"拨"就"亮"的郝荣忠，一下就在山清水秀草茂盛的清幽谷，架置了五十个蜂箱……嗡嗡飞来的蜜蜂们，给郝家酿造出了蜜一样甜的日子。

2018年，郝家六口人均收入七千五百六十四元。

谁知，2019年，郝家人均收入反倒比上年下降，工作队立即帮老郝找出原因，并鼓励他再加一把劲，新开辟了野马坪养蜂场……如今，色香味美营养好的"郝氏野蜂糖"，成了人见人爱的抢手货。

李国安呢，也不甘落后，快马再加鞭，一下提高了牛羊的出栏率和存栏率。

就这样，昔日比酒量、"争"当贫困户的俩酒鬼，如今，竟在脱贫致富的路上，暗暗较上了劲儿。

那天，郝荣忠跟放羊的李国安在野马坪偶遇，就相互"摸"起家底来。

老郝谦虚一笑："还行，我家人均收入过一万。"

老李低调附和："我家也差不离儿。"

其实，二人都心知肚明，对方打了"埋伏"哩。

  风起了，雨下了，

  荞叶落了，树叶黄了，

  无论严寒或酷暑，

  无论伤痛或苦难，

  阿姐撸，阿姐撸，

  阿姐撸，阿姐撸……

歌声打野马坪飘来。

那是两个笔直"站"起来的男人，在飚歌。

听众，是那愈发庞大壮观的羊群和蜂阵，还有青山、白云……

把青山能人"拽"回来

"钱百万"回来啦！

鬼才信呢！

谁能信，一个当年为"找口饭吃"逃离青山的少年，一个在外打拼三十年，如今事业有成的老板，回到穷乡僻壤的青山吗？

"钱百万"肯定是回来炫富的。

"钱百万"本名钱汉泽。十五岁那年，老是挨饿受冻的小汉泽，不得不逃离青山，这一逃，就是三十年。

"穷怕了"的钱汉泽，只要"有口饭吃"，可谓尝尽了人世间最苦、累、脏、贱的活计。在撞了许多南墙后，深知"手艺最养家"的钱汉泽，毅然到北京拜师学烹饪手艺。几年大厨下来，他的心"大"起来。1998年先是同汉族媳妇承包了某学校食堂，硬是靠自己那股子"不服输"的韧劲儿，当上了老板。最终，"没个完的"他，又用十多年的积蓄"滚雪球"，在米易县城，餐饮、旅馆齐头并进，把雪球越滚越大，"滚"成了如今的"钱百万"！

曾发誓"永不回青山"的钱汉泽，却突然放弃城里的事业，携全家"裸奔"青山，开启他的返乡创业。

这还得从 2018 年的火把节说起哩。

火把节，是彝族的传统节日，也是游子回家重叙乡情乡愁的日子……可是，如此"认祖归宗"的重要节日，钱汉泽，一次也未回还。

火把节前夕，针对青山能人流失严重、游子不肯回家的现象，工作队及时在村两委会上提出："青山的事，说到底，还得青山人来做。趁火把节之际，把青山游子，一个不落地'拽'回来！能带项目的带项目，能投资的投资，哪怕带个人气，也行。当然，回乡创业，最欢迎，最巴适！"

工作队深知，靠生拉硬拽，肯定不行，即便把人"拽"回来了，可"心"不回，也是白搭。

在各种新媒体、自媒体流行火爆的今天，工作队却反其道而行之，回归传统形式，启用早已被封存、遗弃的"白纸黑字"，给远在异乡打拼的青山人，寄去一封抵得万金的"家书"：

青山游子：

每逢佳节倍思亲。

青山，是你剪不断的脐带；青山，是你抹不掉的乡愁……彝族谚语云：人奔家乡马奔草，乌鸦也只爱自己巢。

回来吧，青山的"绿水青山"，等着你们变"金山银山"；

回来吧，祖辈沿袭的田园梦与乡愁，需要青山子孙一代一代地来延续……

铁了心不回的钱汉泽，就是被这一纸浓浓乡情的"家书"，给"拽"回青山的。

近乡情更怯的钱汉泽，一踏上阔别多年的故土，就哭了……青山，被他丢了三十年的青山，变了：路通了，水通了，电通了；山更青了，水更绿了，连鸟叫声，也更悦耳动听了……

"好了！"钱汉泽经过一番考察后当场拍板：建一个颇具彝族风韵的来悦山庄。

第一期投资五十万，在风景秀丽的清幽谷，盖起一幢集美食、住宿、休闲、娱乐于一体的大楼；往后的第二期、第三期开发蓝图——在钱汉泽的脑海里，闪现、绘制……

"上辈子，我把青山丢了；下辈子，我要好好回报青山！"

随着野马坪景区和彝族传统民俗文化系列的升级打造，来悦山庄生意，也跟着一天比一天火起来。

钱汉泽扳起指头，跟我算了一笔账：三年收回第一期投资成本，没问题。

被"拽"回家乡创业的，还有青山的那只"叫鸡公"——朱顺发。

2020年7月10日，雨后天晴。老朱一早就赶着四十六只黑山羊来到野马坪，然后拍拍领头羊说："这些伙伴就交给你了。"然后，转身走进一片青翠欲滴的山湾。

山湾里，是一畦畦长势喜人的时兴蔬菜，一些菜农正在砍菜、择菜、装菜……

前一天，攀枝花市民益公司就在"青山菜农群"发微信："7月10日下午，进山'接货'"。

2018年3月，工作队以"公司＋村办企业＋农户"的模式，利用青山土地资源多、有机肥足、海拔高、无污染等优势，大力推广种植高山蔬菜，把青山的传统种植模式，来了个"底朝天"的彻底革新。

2014年，朱家一评为建档立卡贫困户，朱顺发就携妻带子，到江苏找"活路"，把年逾七旬的老母亲和一双未成年的女儿丢在家里。

老朱是村上一呼百应的"叫鸡公"，他还"叫"走了二十多号村民外出打工。于是，村上一下冒出许多空巢老人和留守儿童……

朱顺发，也是被这封承载着浓浓乡情乡愁的"家书"，唤回青山的。

一回青山，他简直懵了：四年前，他每回出村，都要翻山越岭绕一天；眼下，一条硬化村道直通家门口，出行方便又快捷。

村口，菜农们正往一辆大卡车上搬蔬菜。这些五彩缤纷的新品蔬菜，在攀枝花市区各大连锁超市出售，成了市民们争相抢购的绿色食品。

"真安逸！我一亩菜挣了四千多元咧。"说话的叫张德友，是老朱的老邻居。

大青山公司经理李海兵，现场边唱名边发钱。当老朱听见"朱顺发九千六百八十五元"时，他好生一愣！

原来，工作队为了打破青山历来只种植"烤烟、洋芋、苞谷"的传统模式，决定把高山蔬菜"引进"青山，却没有一人响应。

万事开头难。工作队就带头"包户到人"。第一书记向往主动跟远在江苏的朱顺发联系，劝他拿出二亩烤烟地，租给工作队做蔬菜试验田……这不，一季就卖了近万元。

老朱捧着"不劳而获"的菜款，跟做梦一样，执意要分一半给工作队，向往拒绝："嗨，当初说定的——赔了归工作队，赚了全归你嘛！"

老朱算了一笔细账：按青山的气候，一亩地可种四季蔬菜，一季四千斤，一元一斤，四季就是一万六千元……"嘿，比种烤烟划算咧！"

2018年秋，老朱干脆辞掉江苏的高薪工作，一口气种了三亩蔬菜，仅秋冬两季，就赚了两万六千元。同时，他一人还放牧四十六只黑山羊。种植、养殖一齐上，忙得不亦乐乎。

2019年年初，老朱先是"叫"回妻儿回家种菜；接着，又把当时跟他外出的乡亲们一个不落地"叫"回来："在家门口种蔬菜、卖蔬菜，既省力，又赚钱，还能一家子在一起，巴适得很咧！"

种植高山蔬菜，在青山，无疑是大姑娘坐轿——头一回。可头一回就尝到甜头的山民，种菜的积极性日益升温。菜农由当初的三五户，增加到了五十多户，蔬菜面积也扩大到了一百八十多亩。

"门口种菜门口卖，财源滚滚乐开怀……"

朱顺发眺望青翠幽绿的远山，一脸憧憬："今年秋后，我打算种五亩新品蔬菜；我家还有一群黑山羊要经营，到时肯定忙不赢，就请帮工——工钱嘛，我出得起。"

咬定青山不放松

该死的病魔，怎么偏偏节骨眼上，找上我……青山离不得我，我离不得青山。"向往青山"，在一起，才是最完美的结合……

——这是向往 2019 年 8 月 12 日的一则驻村日志。

"爸——带我回青山吧！"

2019 年 8 月 9 日上午，在攀枝花市中心医院传染病病房里向往再次央求父亲。

"儿啊……"老父亲望着脖缠纱布、伤口还未愈合的儿子，不禁老泪纵横，"你，你不想活了……"

"我就是想活，才要回青山……"

父亲不禁悲从中来：儿子 8 岁那年，他妈病故。他一人含辛茹苦地好不容易把儿子拉扯大，可病魔又突降儿子头上。

2019 年 7 月初，向往感到身体不适，四肢无力，头冒虚汗……怕耽误村上工作，他一直拖着。

那天，我们从贫困户朱阿科家走访出来，刚拐一个山头，向往突然晕倒……我架着他回村上宿舍躺下，随后，又"逼"他赶紧回市上做检查。检查结果令人担忧：甲状腺结节，有转移迹象。

向往，青山村第一书记兼驻村工作队队长，不得不住进攀枝花市中心医院治疗。

7 月 18 日，向往被推进手术室……醒来后，他做的第一件事，就是给我发微信：

> 徐老师，8 月份工作重点如下："文学艺术进青山"夏令营活动，增加"感恩教育"，由我来主讲；贫困户沙玉珍奶奶的聋哑孙子王小七，我给他联系好了工作，委托你下周带他去报到；还有火把节的

筹备工作……

8月9日下午，老向终究拗不过儿子，只得开车送向往回青山。

车一进青山，向往止不住热泪盈眶……是啊，离开青山一个月，可对向往来说，恍若久别重逢……老父亲从反光镜中不经意间看见泪流满面的儿子，也不由得老泪纵横，心绪难平：原来，青山的一草一木，一石一人，都装在儿子心里啊！

8月10日上午九点，一年一度的"文学艺术进青山"夏令营如期开营。

当向往用嘶哑低沉而又铿锵有力的声音宣布——"2019年文学艺术进青山夏令营开营"的那一刻，有谁会想到，他脖子处的伤口，正隐隐作痛；又有谁会想到，他青春勃发的生命，只能靠吃流食来维持……

"向书记回来啦！"

"向书记咋个瘦了……"

"大热天的，脖子上咋还缠着纱布？"

当一百五十六名统一着装的学生方阵，挥着小彩旗，高唱着《让我们荡起双桨》，英姿飒爽、井然有序地"绕"场一周，步到会场中央时，村委会大院响起雷鸣般的掌声。

序曲结束的一刹那，一个十二岁的小女孩从队伍里出列，行礼，转身，然后面向庞大的阵列缓缓地抬起双臂，打开，将指挥棒轻轻一挥，一曲激昂嘹亮的《少先队之歌》，悠然荡开，撞击着每个人的心扉……

歌声戛然而止，一阵撕心裂肺的呜咽，陡然传来。

"我家娃娃……出息啦……"

哭者正是"小指挥"郝绍美的爸爸——郝荣忠。

老郝缓缓起身，单腿独立，比划着那根伴随他二十六年的拐杖，声泪俱下："我这根大棍子，只能赶猪呵赶鸡呵赶羊，可我家女娃娃的小棒子，轻轻一挥，就能挥出安逸好听的歌声，呜呜呜……"

"文学艺术进青山"，是驻村工作队为青山娃娃们定制的品牌，每年暑期邀请市上的文艺名家，向娃娃们传授文学、国学、书画、音乐、普通话等知识。在文学艺术的熏陶下，青山娃娃们不仅丰富了知识，开阔了视野，也变得更阳光，更自信了！

"在心灵播下一粒诗的种子"，是我这次主讲的题目。

进入互动环节时，我把著名诗人吉狄马加的诗歌，一一发给学生，便随意"点"学生朗诵。

> 在我的梦中，
> 不能没有这颗星星；
> 在我的灵魂里，
> 不能没有这道闪电。
> 我怕失去了它，
> 在大凉山的最高处，
> 我的梦想会化为乌有……

当五年级学生安汶川，朗诵完《古里拉达的岩羊》时，我向他也向全体同学提问："同学们知道作者吉狄马加是哪里人吗？"

"……"

"喏——"我朝身后的野马坪一指，"翻过那道山，就是诗人的故乡——大凉山！吉狄马加也是彝族人，他从一名普通的'放羊娃'，成长为颇具国际影响的著名诗人，可谓历尽艰辛……"于是，我如数家珍般地讲了诗人的成长经历。

吉狄马加的励志故事，不光令孩子们肃然起敬，还令他们觉得可亲、可信。这种接地气的现场感，自然也令孩子们志气大涨。

"长大了，我要当诗人！"

"我要当歌唱家！"

"我要当科学家！"

"不让孩子输在起跑线上，尽力阻断贫困代际传递。"向往用习近平总书记的话，作为"感恩教育"的开头，然后，他用鲜活确凿的脱贫致富的实例，讲解了村上翻天覆地的变化，给全村的孩子和家长们，一起上了一堂生动活泼的"感恩课"。

回到医院后，向往一刻也没闲着，他又"遥控"我在暑期面向全村学生，举办一次以"青山如此多娇"为主题的征文竞赛。

征文启事一公布，同学们纷纷响应。有的描绘家乡的自然风光；有的用真实生动的细节，描写父辈们脱贫奔小康的故事……这些由孩子们亲手写的征文，由孩子们在村广播室亲口播出后，引起了青山"老辈子"们的强烈共鸣：

"听，娃娃们都出息了！"

"青山，大有希望哪！"

不负青山

2019年10月，我婉拒领导轮换我回单位上班的好意，继续留在青山驻村扶贫。我没有什么"高大上"的豪言壮语。我只有极为本真的情怀：在青山，我已经习惯了。

与此同时，第一书记向往也不约而同地婉拒了上级组织召他回城安心治病的好心，他说："关键时刻，我咋个能掉链子嘛！"

就这样，我们这对扶贫"父子兵"，"赖"在青山，开始对青山的贫困"死角"，逐个逐个地围剿。

那些日子，只能吃流食的向往，一边服药，一边在扶贫第一线忙碌奔波。

2019年年底，随着最后一户凉山搬迁户——吉子吉坡的脱贫，青山村实现整体脱贫摘帽。

令人欣慰的是，向往的病也被他"忙"丢了。经成都华西医院复查：完全康复。

"是青山给了我第二次生命啊！"向往感慨万千，"青山不负我，我更不能负青山……"

青山不能仅仅止步于脱贫致富，向"钱"看，还得向"前"看；向上、向善，还得向美……一句话，还要让青山人的精神丰盈起来。

于是，工作队试着从精神层面，给青山人点亮一盏"灯"，照彻远方的路……

这天，向往把工作队策划出的评选"青山好榜样"方案，"摆"在村两委会上。大伙先是面面相觑，接着有人提出质疑："青山哪有啥子榜样嘛""'矮子堆里挑长子'，有啥子意义嘛。"

"榜样的力量是无穷的。"向往进一步阐述：由穷变富的青山人，要勇于做追梦人。向上向善向美，应该成为新青山人的一种美好诗意的追求，成为我们重建乡村社会，打造新乡村文明，振兴乡村的使命担当……"所以，评选'青山好榜样'，很有必要。"

"人活得就是一种精神，"我见缝插针，"我们青山人，就应该像'青山'这名字一样，高贵而美丽。"

最终，评选"青山好榜样"方案获得通过。

评选期间，没想到村民们积极响应，有的推选心目中的好榜样，有的毛遂自荐……

2020年5月，"青山好榜样"候选人名单一公示，郝荣忠就拄着拐杖闯进村委会。

"向书记，为啥子好榜样没的我……"老郝"哇"地大哭："他李国安自强不息，养牛养羊，脱贫致富；我……我也身残志坚，养蜂喂猪，凭啥子评他不评我嘛……"

"又没得一分钱，"文书李海兵说，"争个啥子嘛？"

"那不是钱的事！"郝荣忠抹一把泪，"现在哪个缺钱嘛，我看重的是'好榜样'这个荣誉！"

我的心，隐隐一动：以前，郝荣忠跟李国安为"争"贫困户名额动了拳头，今天，二人都脱贫致富了，却"争"着要当"好榜样"，好啊！

2020 年 8 月 3 日上午，首届"青山好榜样"颁奖活动现场。

"一根拐杖，一条萎缩的脚杆，一群活蹦乱跳的牛羊，一串歪歪斜斜的脚印……从三头牛到一群牛，从八只羊到一群羊……冬去春来，你总是把希望扛在肩上，把贫困踩在脚下，倔强地拖着那条残腿，在脱贫致富的路上，走啊，走……风起了，雨下了，你站在高高的山顶上，望着那越来越庞大壮观的牛羊，总会吼起那首彝族歌子《不要怕》：

风起了，雨下了，

荞叶落了，树叶黄了，

无论严寒或酷暑，

无论伤痛或苦难，

阿姐撸，阿姐撸，

阿姐撸，阿姐撸，

……

致敬！自强不息好榜样——李国安！"

宣读颁奖词的女孩，早已泣不成声。

台上，一手拄拐，一手攥着"自强不息好榜样"奖杯的李国安，更是泪流满面，他的心，早已被女孩声情并茂的吟诵化了……

原来，那女孩正是他念高一的女儿——李菲！

接下来，其他四位"青山好榜样"悉数登场：大公无私好榜样——李国全、孝老爱亲好榜样——陈顺珍、返乡创业好榜样——钱汉泽，还有，最终凭自己实力"争"得"身残志坚好榜样"的——郝荣忠。

颁奖词，均由他们的儿女，一一亲口宣读。

榜样的力量是无穷的。五位"青山好榜样"的动人事迹，犹如春风化雨，涤荡着人们的心灵，也激活了青山人的美好愿望。一个学榜样、赶榜样、争做好榜样的新风尚，已在青山蔚然成风。

如今，青山人又有了一个新身份：导游。他们每天徜徉在如诗如画的绿水青山中，"别"着一口不太流利的普通话，同前来游山玩水的游客交谈甚欢，"乡愁""田园梦""诗意乡村""乡村振兴""幸福指数""追梦人"……竟成了新青山人的口头禅。

那一声吆喝

"蜡梅，蜡梅，好看好香的蜡梅哟——"

推开窗子，有雾，抓一把，湿漉漉的，浓稠得确乎有几分手感。我似乎看见，一声饱经风霜又苍老嘶哑的吆喝，在浓重的雾霭里，自高高的梯坎上，一层一层跌落，拐个弯或者弹起，又一个跟斗，就生生翻到我跟前，喘着不大匀的气儿。

只见吆喝，不见人。我知道，这都是雾在作祟。我客居的重庆山城，就是雾多。依山环绕的大黄路是从渝中区的大坪斜刺里拐绕过去的。雾大，能见度很低。当我着实地踩着那声吆喝时，才看清一位头缠毛巾的老人，跟我去世不久的母亲年岁差不多。老人枯瘦枯瘦的，坐在山坡石坎上，看上去就像一棵上了年纪的树。她背在山背篓里的蜡梅，活像是从她身上长出来的；双手呢，捧着一束蜡梅，不停地对来往的行人摆弄、吆喝：

"蜡梅，蜡梅，刚从南山采的蜡梅哟——"

"蜡梅，蜡梅，好看好香的蜡梅哟——"

那声音，杂糅着几分虔诚、巴望，当然，还有摸得到的得意、显摆，好像偌大个山城，就属她的蜡梅好哩！

"蜡梅？"我好奇地凑近老人，"这是蜡梅吗？"说不来重庆话的我，不得不"憋"着一口"半罐子"普通话。"你说啥子——刚从南山采来的嘛！"老人显然不悦。

老实说，这是我头一回看见有别于平原乡村的山蜡梅，主杆笔直、坚挺，枝杈繁多而不柔弱，花色呢，热烈不失从容，绚烂隐含淡雅，婉约透着大气，一派高洁，舒展着大山大水的质朴，像极了淳朴耿直的重庆山民。或许是山城特有的水、土、雾滋养的缘故吧，重庆蜡梅，竟是一舌橘黄，吐着柔嫩温润的清香，你若闭上双眼深吸一口，那一绺儿一绺儿的香，就会哈出一团毛茸茸的雾气来，把你化在山峦或者某个时空里。午后的阳光，尽管锋芒毕露，霸气十足，但还是被汹涌澎湃的雾霭和梅香，兜着，裹着，搁在半山腰上，闷得慌。

"买一束嘛！"老人催着我，"才四块钱，便宜得很！"我迟疑着。我不是拿不出这四元钱，也不是舍不得这四元钱，关键是我没这份养花的闲心。为了糊口，从湖北老家刚漂泊到重庆的我，自己都养不活，还养花？再说，一个没有安身之地的落魄者能有花的栖身之地吗？

"好的，等我找到工作了一定来买。"我把玩、夸奖了一番老人的蜡梅后，就走了。

"我等着你——娃子！"

一个礼拜后，我终于找到了一份工作。一直像浮萍一样飘荡的我，也有了一个五平方米的住所，尽管潮湿、灰暗，但足可以安顿我的一声叹息和支离破碎的文学梦。稍作休整，我自然便想到了老人、蜡梅，以及我的许诺。

可是，当我踩着那声吆喝的尾巴，风风火火赶到山坡时，却物是人非。那不停地吆喝着的竟是一位中年妇女。

"老人呢？"我问。中年妇女先是一愣，后是惊喜："你找到工作啦？！"这回却轮到我发愣了："你怎知道……我是来找老人买花……"

"不错。"中年妇女说，"那老人就是我婆婆。我婆婆说，这几天有个外地娃子来重庆找工作，好多天了都没找到。还说那外地娃子只要一找到工作，就会来找她买蜡梅的。听口音，那外地娃子一定是你不？大兄弟。"

"是我。"我说，"我买花……是找老人。""一样呢。"中年妇女说，"我婆婆前几天到南山采蜡梅，不小心摔了一跤，老人一直惦记着你找工作的事，就要我来这里等你，还说如果你来买蜡梅，就证明你找到了工作，她的心也就落地了。"

我的心呼啦一热。我选定一束蜡梅，没等我付钱，中年妇女就立马起身，背上背篓一溜烟走了，把一些排队买蜡梅的顾客扔在一边发愣。

"大姐，钱——"我不解。

"嘿！"大姐转身朝我扮个鬼脸，"弟娃子，这是我婆婆送你的。"我说："送我就送我，可你跑什么呀？好些人要买你的蜡梅呢！"

大姐笑笑："弟娃吧，我婆婆正等着我去报你的喜哩！"

我看见，大姐耸了耸肩，耸得花枝乱颤，笑靥如花。

我不知泪是怎么流出来的。以后的日子，我总是静静地守着窗台上那缕不肯离去的暗香，任它们恣意绽放、凋谢。

雾，散了。一瓣橘黄色的阳光打在我脸上，好温暖。我时不时抬起头，朝山坡上望一眼，可那苍老的背影，还有那熟悉的吆喝不再重现。

再好的花，总有谢的时候。可那一声吆喝，总像蜡梅吐出的一瓣瓣暗香，在我心头隐隐地，浮动。

女儿要来

　　2014年9月下旬的一天，女儿头一回主动给我打电话，说她正值实习期间，想来攀枝花看看……我的脑袋当时"嗡"了一下。记得2005年离婚后，我不得不扔下女儿到重庆打工，其间除2008年专门到沙市某中学给女儿过过一次十五周岁生日外，余下的那些大把大把时间，几乎成了无法弥补的空白；空白，倒也罢了，可以用余生或者别的什么去填充。问题是，在这块空白处，打满了不该有的补丁，撕掉任何一块补丁，我和女儿，都会疼和痛的。

　　"……我可以来吗？"女儿的口吻，礼貌得像对一个外人。

　　"噢噢，欢迎，欢迎啊……"我的客气或者说惶恐，别扭得不像父亲对女儿。

　　"你啥子了？"妻子盯着我唯唯诺诺近乎紧张的神色。

　　"女儿要来，女儿要来……"我喉咙发紧。妻子一把要过我的手机，对与她仅一面之交的继女说，"徐珂，欢迎你来。你把动身的时间告诉我，我现在就来给你网上订票嘛！"妻子把手机还给我，"女儿要来攀枝花看你，好事嘛！"我感激地直朝妻子笑。女儿从高一到大学毕业这些年所有学费、生活费和其他开销，都是妻子按时按数打到女儿卡上的。

　　女儿要来，女儿要来……女儿还没有来，可我的眼前，我的脑海，尽是女儿儿时或天真活泼或哭闹撒娇的样子。

白瓶子　绿瓶子

1993年6月15日，女儿出生后，我一直在湖北潜江市物资局机关从事文秘宣传工作，其间写出的《局长摆地摊》《母亲的土布袋》《村丑》等一批新闻特写和文学作品，分别在《中国物资报》《湖北日报》《时代文学》《荆州报》等报刊发表，成为全省物资系统有名的笔杆子。

那时候家境虽不富裕，但一家三口的小日子过得平静如水。两年后，受市场经济的冲击，曾经被人视为"肥缺"的物资系统陷入无力回天的绝境，恰恰这时《潜江日报》创刊，我顿觉"柳暗花明又一村"……就在我办调动、有望成为记者的节骨眼上——最好的朋友竟背后打我一"黑枪"，踩着我的肩膀进了报社。

那一年，似乎百事不顺。我先是被局里分流到物资总公司，其实就是变相下岗；接着一倒三歪，几乎是后脚赶前脚，妻也下岗了。我心霉得长了一层毛。想想上有年逾古稀的双亲，下有不谙世事的稚女，一向靠工资度日的家，这回冷不防竟彻底地断了"财"路，困惑、失意、沮丧……织就的网，把我紧紧罩住，窒得我透不过一丝气来。

那天，上幼儿园的女儿跟我要钱买蜡笔画画儿，我因囊中羞涩，大扫女儿之兴。就在这当儿，院子里响起了那位收酒瓶子的老头沙哑的吆喝声："收空酒瓶啰——"喊声一直在院子里转悠，不肯离去。

"一个大男人，还不如个收破烂的。"妻子一句戳到了我痛处。我垂下头，愧疚地只差找地缝儿钻进去。

第二天，我赌气地开始了收酒瓶子的生涯。一个常坐办公室舞文弄墨的文人，居然下岗做了"破烂王"。这是生活对我的嘲弄，还是我对生活的不恭？

自然，头几回，我均是颗粒无收，惨败而归。我总放不下那身所谓文人的臭架子，但柴米油盐的日常生活和吃喝拉撒的残酷现实，逼得我不得不弯着身子做人，低下头来活命。

那是一个双休日，天忧郁着脸。我推上自行车，想再去碰碰运气，可三岁的女儿却硬要缠着跟我去"玩"。过大街、穿小巷，尽管有女儿一路壮胆，但我还是没勇气吆喝出"收空酒瓶子啰——"这句话。

来到税务局大院，我停住。我知道，税官们一定有好多好多的啤酒瓶子等着我来收。于是，我岔开两腿，挺胸收腹，丹田下沉，朝着一扇扇紧闭的门窗吆喝，谁知，我的吆喝竟变成了声泪俱下的"酒干倘卖无……"

"爸爸，你哭了？"

女儿抱着我的腿，一脸懂事地望着我，"我会呢。"女儿说着便拉开架式，将两只小手卷成喇叭筒，涨红着脸，仰头，运气，鼓起腮帮子，稚声嫩气地吆喝开来："收空酒瓶子啰——"

……

呵，那一声声稚嫩天真的吆喝，带着巴望，叩开了一扇扇紧闭的门窗，也从心灵最深处唤醒了我一直沉睡着的父爱。死要面子活受罪，我这是何苦啊！

很快，自行车后架上两只空荡荡的箩筐装满了啤酒瓶子。现收现卖，我赚回了整整八十元钱。当天，我不光给女儿补买了一盒蜡笔，还犒赏两袋她好吃的葡萄干。女儿捧着蜡笔和葡萄干，如获至宝，一路上蹦蹦跳跳、欢歌笑语。

那一年，我别无选择地干起了收酒瓶子的买卖。

女儿呢，无论是从幼儿园放学回家，还是双休日在院子里玩耍，只要发现墙角路边有空酒瓶，她都一个两个地拎回家，说"捡去给爸卖钱"。日积月累，阳台上就摆满了女儿捡回的酒瓶子，有绿幽幽的啤酒瓶，也有二锅头白瓶子。女儿每每捡回白瓶子，我总想告诉她，在这个城市，普通的白酒瓶子无人回收，是卖不了钱的。可是，面对她那双天真无邪的眸子和一肚子好心好意，我又不忍也不敢当面点破……这就养成了女儿捡空瓶子成瘾的癖好——有一回，她居然跑到路边的大排档，愣愣地盯着食客面前未喝完的白酒瓶发呆，被人误以为她"看食"，就递给她一只鸡腿、鸭爪子什么的，可她却强忍着馋意，很有礼貌地谢绝，说："叔叔，我只要空酒瓶子——拿去爸爸卖钱。"……这一幕，正好被我撞见。一路上，我紧紧抱着女儿往家走，女儿紧紧抱着那只无用的白瓶子，甜蜜蜜地唱起了那首"酒干倘卖无，酒干倘卖无……"

女儿五音不全，也记不全歌词，就把她只会的这一句，来来回回地唱个不停。那纯真无邪的童声，一直糯在我心头，至今都没有化。

一到家，女儿这才把那只搂紧不放的白瓶子，小心翼翼地摞在了清一色呈三角形的一堆白瓶子上。

白瓶子越摞越多。尽是女儿捡来的。

直至有一天，女儿问我为什么不将白瓶子卖掉时，我才不得不对她说明不卖的缘由。女儿听了，若有所思地说："爸，我知道了，你是说白瓶子不卖钱，绿瓶子才卖钱，对吗？"女儿自然不晓得什么是啤酒瓶，什么又是二锅头酒瓶。

又是一个双休日，我像往常一样收完酒瓶子回家，刚一进屋，女儿一脸神秘兴奋地拉着我直往阳台上奔。

"爸爸，绿瓶子，绿瓶子——好多好多的绿瓶子哩。"

我被眼前的一幕惊呆了。

只见原先码在阳台上那些无人收购、一文不值的白瓶子，竟然全被女儿用蜡笔染成了一个个幽幽泛光发亮的绿瓶子。一片阳光打在蜡染的绿瓶子上，氤氲弥散着一团绿雾样的香气，风一吹，阳光晃动，反射出一缕缕七彩的光亮儿，刺得我两眼一热。

我蹲下身去，一把搂紧女儿，喃喃道："好，我们去卖，绿，绿瓶子……"

绿花线

那是一根花线，绿的，女儿用一双灵巧的小手支棱成一个"口"字形方格子，缠着跟我"穿花儿"。

"好的，爸今天陪你穿个够。"我嘴上这么说，却心猿意马地老走神儿。我想着回南方——那个位于海滨城市的汕头华能电厂。假期要结束了，我必须即日启程，否则是要被炒鱿鱼的呀！想想好不容易找到的这份工作，我真恨不得长了翅膀，飞到南方去。

这是我南下打工两年后的第一次探亲。

两年前，我决定放弃收酒瓶子的生意，只身来到粤东这座美丽的海滨城市时，女儿不到四岁。出门在外，我最放心不下的就是女儿。她是我心里最疼痛的牵挂。我不忍离她而去，但为了一家子的生计，我又不得不去。

探亲的这些日子，女儿整天脚跟脚、手跟手地黏糊我，不是缠着要我讲故事，就是要我驮着她"骑马马"，或者是捉迷藏、唱儿歌什么的，反正，变着花样儿疯……出门那天，女儿又扯着我的衣襟，要一齐跟我下楼去"跳房子"。我只好违心地哄她说："爸哪儿也不去，**爸给你买葡萄干去。**"

"爸，你买了葡萄干就回来，我等着哩！"女儿松开手，天真地将我放行，可我却像一只离巢的孤雁，飞到了数千里外的南国异乡，打工谋生。

两年后，当我归心似箭地匆匆赶回家，再见到女儿时，简直不敢相信我的眼睛：女儿好像老家屋后竹园里的一只嫩笋，蒙蒙春雨一滋润，竟"蹿"出老高一截。

"爸爸——"女儿一头栽进我怀里。

我没想到，女儿竟一眼认出了我。"爸，你买的葡萄干呢？"我只觉脑袋轰隆一炸，木然杵在一旁，啊！两年了，女儿竟记着我当初对她的许诺。可是，我几乎把小孩喜好吃的零食都买了，如巧克力、水果糖、果冻、开心果、蛋糕、旺旺饼干……单单儿，没有葡萄干，那酸溜溜、甜津津、绿糯糯的葡萄干啊！

"爸爸撒谎。"女儿这回不依了，任性地将点心甩在一边，说，"爸爸不是乖孩子，爸爸撒谎，我天天都在等爸爸的葡萄干，爸爸就是不回家……"

我真不敢想象，两年七百多个日夜，女儿是怎样在这满口生津的苦苦期盼中熬过来的？

我不得不带女儿到小区的超市买了一袋葡萄干。女儿有滋有味地嚼完了葡萄干，也不知不觉嚼完了我的假期。我又只好如法炮制，对女儿说："珂珂，爸爸再去给你买葡萄干。"说着，就要下楼去。

"哇——"我还没跨出门，女儿突然惊哭一声，紧紧抱住我的大腿，大声哭喊道："爸爸，我不要葡萄干，不要葡萄干，不要不要……"女儿一定是怕，怕我像两年前买葡萄干买得老不回家，就只好说"不要"。

她等怕了！

我别过头去，尽力控制着不让泪水流出来。

"……来，爸，你掌线，我来穿……穿好多好多的花给你看，好不好吗？"

女儿像个小大人，反倒"哄"起我来。女儿那双灵巧轻盈的小手，牵着她一双清澈水灵照得见人影的眸子，在我支棱起的方格里，轻松欢快地腾挪翻转，穿梭游走，那不停变幻翻新的各式花样儿，简直令我眼花缭乱。女儿玩得好开心啊！打我这次回家后，她怎么也不肯上幼儿园，像个跟屁虫，日夜缠着我，活活把我"软禁"在她身边。

看来，这一回，葡萄干是买不成了，我只得再施妙计，就懒洋洋地打一个哈欠，说："爸爸好困呀，想睡午觉了，你陪爸爸睡，好不好？"

女儿盯我一眼："不准撒谎哟！"说着伸出弯着的小指头，要跟我拉勾勾。我一边心不在焉地配合女儿拉勾勾，一边想，只有女儿睡着了，我才会有抽身的机会。

我闭上眼，故意发出长短不一的鼾声，佯装睡去。女儿却没一丁点睡意，双手老在我身边摆弄着什么。

终于，女儿发出了睡梦中好闻的气息。

我心急如焚地"醒"来，刚要一骨碌翻身下床，这时，我才发现那根绿花线，一端死死地"锁"住了我的右手，另一端呢，却杂乱无章地缠绕在女儿左手的五指间，缠紧的花线，将她的小指头勒得乌紫。我知道，女儿一定是怕我再偷偷溜跑……我怕弄醒女儿，只得缩回身去，一下，一下，悄没声儿地解着绿花线。

竟是一个死结，解不开的。

我不知是怎样咬断这根绿花线的。

我急匆匆地向火车站走去，一路上泪水涟涟。

我再次狠心地远离故土远离家，丢下我的暖心"小棉袄"，栖居在无巢的异乡，打拼，奔命。冥冥之中，我总觉得我的脉搏处，老有一根用亲情缠紧的绿花线，把我郁结于心的乡愁拽得生疼，生疼。

一晃，女儿就要大学毕业了。想一想，女儿从一个缠着我"穿花儿"、帮我染绿白酒瓶去卖钱的小女孩，一下长成了亭亭玉立的大姑娘，今天竟要千里迢迢地来看望我这个没有陪伴她长大的父亲。老实说，我除了闪过一丝惊喜，更多的是一种不配、不值得的挫败与愧疚。

"女儿要来，女儿要来……"我虚脱地靠在金江火车站出站口的栅栏上，双目紧紧地盯着每一个出站的人，男人，女人，老的，少的，高的，矮的，胖的，瘦的，拎高级皮箱的，扛蛇皮袋子的……似乎一个也没放过，其实一个也没看清。即便看清了又怎样呢？因为我的眼里、脑子里，重现、闪回的只是女儿幼时的样子、声音。

"爸爸，绿瓶子，绿瓶子——好多好多的绿瓶子哩。"

"爸爸不是乖孩子，爸爸撒谎，我天天都在等爸爸的葡萄干，爸爸就是不回家……"

女儿要来，女儿要来……多好啊！

女儿要来，女儿要来……不，不要，不要，你为什么要来，为什么要来？你不要来，不要来，你不会来，不会来的，你怎么会来呢？你，还那么小，那么那么小，才三岁，抑或五岁……

痛着的血亲

一、父是三节草，没有一节好

人是三节草，必有一节好。

活在世上有什么好，不敌南山一菀草。

草死三年根还在，人死一生不回来。

这些关乎生死的歌子，是从我老子平日吟唱的丧歌里听来的；它们像一粒粒种子，撒落在生死轮回的道上，长成冥冥巫草，摇曳着生命的沉重与无常。

老子是打丧鼓的"好佬"。往大里说，是闻名江汉平原的丧鼓师。老子目不识丁，却有一肚子的伦理孝道、人世悲欢的歌子。凡经他唱出的丧歌，总是随了接天通地的黑色鼓声，使得万物有灵。

一向靠打丧鼓超度亡魂也借尸哭自己的老子，忽地轮了个个，一脚踏进阴界，成了一具幽魂。

人又生得丑，死又来得陡。老家这句俗话，套到老子头上一点都不过头。

老子死得陡，陡得抽空了我骨头缝里的恨，人就没了！陡得我还未尽一天孝，人就不在了！

那天，我在远离老家的广东汕头华能电厂的淡水泵房值班。透过窗户，汕头海湾大桥像一把巨大的竖琴，把海风、海水还有我远游的愁绪，拨弄得瑟瑟作响，一只海鸥在江面上盘旋，像大海腾起的一个音符……如此伤怀的景致，总是把我的乡愁扯得生痛。

桌上的值班电话是骤然响起的。我一边伸手拿话筒，一边盯着那幽灵一样盘旋着的海鸥，随意朝话筒"喂"一声，对方说："哥，是我，三九。""哦，弟"，我说，"有事吗？"

三九沉默，只有一阵哽咽，揪着我的心。

我急了："快说呀，弟！"

老半天，他才说："老子……他……不在了！"

那只盘旋的海鸥，倏地如直线下滑的休止符，栽进海里，死了！

电话的另一端，是隔着几千里的大弟三九。平日兄弟间都各忙各的，一个东，一个西，丢得远，几年没得联系，老子的死，却一下把我们扯近了。

三九的哭腔，一下一下，像锤子钝击着我："药吃反了，一喝了你跟团圆寄来的中药，老子就口鼻出血，倒了地……哥——快带上老幺，往家赶吧你！"

"三九，你说什么？"我攥着话筒大吼。

三九就巷子里赶猪——直来直去，"我们的老子死了，大后天送葬。你跟老幺团圆快回吧！"

三九的话，冰得像冷枪子儿，一下把我击倒！一溜电话的忙音灌进耳鼓，把我的魂魄跟哀伤，一点一点地揪痛，撕碎。

那是 2000 年农历正月十六，我正值中班。淡水泵房由"湖北""四川""青海"三班倒。我们这些底层挣扎的外来工，他人懒得叫大名，都叫籍贯。"湖北"自然就成了我的代号。

打 1997 年 4 月 17 日下岗到汕头特区打工，一晃就快三年。在外的近千个日夜，我做梦都想着回一趟老家，看看双亲，陪陪妻女；想着该给好坐夜打丧鼓的老子买件御寒的棉大衣；想着来年就是天塌下来，也得抽空回家跟亲人团圆……想爹想娘，想长想短，就是没想到，一个噩耗，把我几年攒下的一箩筐想头，砸得稀烂。

"人是三节草，必有一节好……"老子，这是你唱的，可你比日子还要长的一生，怎么横竖就挑不出一节好来！

我痛！远游四年的乡愁换来的竟是无尽的哀痛。

我痛！巴望四年的回家路竟是为亡父奔丧戴孝……

二、不忍心

一回海边澳头村上的出租屋，我就喊老幺。"河南"见我掉魂的样子，吓得不轻，赶紧说"小湖北"洗鞋去了。为省下一些房租，老幺拉上"河南"搭伙，舍近求远地合租了这间民房。

老幺团圆刚从牢里出来。他在沙洋小监狱农场一待就是五年，害得一家老小没过一天伸眉日子。五年时间，老幺跟亲人之间出现了一大块无法缝合的空白。他不知家人是怎么熬过来的。家人也不晓得他是如何苦出头的。那些日子，真不叫人过的日子！家里出了个坐牢的，一家老小都跟着晦气。大人抬不起头，人前人后矮一截；小孩得不到宠，撒不成娇；亲戚的冷落、外人的冷漠，霉得每一个日子都长了毛。娘老子掰着指头过日子，苦巴巴地盼着老幺快出来。老子日夜念叨着他还活不活得到老幺出来那一天。可真等到老幺出来了，老子又急着把他往外头推，逼他来汕头找我打工。

老子的理由很简单：老幺再耽搁不得了！挣钱讨媳妇，是比天还大的事！

就这样，老幺自家的饭碗还没端热，就被老子两个"山"字一叠，赶出家门端别人的冷碗。老幺一出门，双亲就把自己关在屋里哭了好些天。隔壁的婶子听了心疼，就去劝。娘说："我身上掉下的肉坨坨，丢了五年，好不容易盼回来，这老鬼硬要把他往外头赶。天底下没你这样当老子的！"老子枯坐在门槛上，一个劲儿地捶脑壳，任老泪和着鼻涕往下掉。

这些都是婶子后来跟我讲的。

老幺正在水龙头边洗球鞋。水渍渍的地上，几条蚯蚓正努力地蠕动着。老幺的屁股下垫着一块半头砖。他双脚叉着拖鞋，左脚和右脚的拖鞋，各断了一个耳子，耷巴着，身上、头上沾了许多碎草屑。一双球鞋浸在一个大红塑料盆里。他拎起一只，一手捏着鞋底，一手握着一把旧牙刷，不停地在鞋内鼓捣。鞋头有破洞，水珠子飚出来，溅到蚯蚓上，蚯蚓扭动着身子拼命往前爬。老幺的鼻子老是吊着一挂清鼻涕，像条虫子，又清又亮。他不住地耸着鼻翼，耸一下，鼻涕虫就缩一下。老幺说，他在牢里就落下了这毛病，三四年了。我催他赶紧看医生，他说等老板开了工资再说。可真等老板开了工资，不知何故他又老拖着。

我托人给老幺找了一份修整电厂草坪的活路。每月六百，跟他一起干的"贵州"老头都嫌少，可对刚从牢中出来的老幺，已算是烧高香了！

老幺洗完一只鞋。就在他开始洗另一只鞋时，我憋了好久的嗓子，忍不住咳了一声。他抬起头，发现并盯了我一眼，手中鼓捣着的旧牙刷仍没住下。我也盯着他，下意识地张了张嘴，又哆嗦着咬住。我忍不下心，说不出口，我们的老子不在了……

老幺太可怜了——刚从牢里出来就没了老子！

老幺太可悲了——老子的死竟是他一手促成的！

我车身就走，两泡忍了很久的泪水一下子冲出来。

我前脚刚进出租屋，老幺后脚跟来。他提着两只水流兮兮的破球鞋，不停地耸着随时都要往下掉的清鼻涕："哥，怎么了你？"

我鼻子一酸，忽地想到"长兄如父"——父已不在，我这个长兄就该像父一样，保护好老幺。可是，我到底没能管住自己，劈头盖脸就是一通埋怨："你个害人精啊，你一出来就害死人啊，你真不该出来啊，你怎不把牢底坐穿呀你——"

两条鼻涕流进嘴角，他没有去擦。

"到底怎么啦？快说呀哥！"

"老子不在了……三九刚打来的电话，说药吃反了，是喝了你……寄去的中药……大后天送……"

"咚"的一声，两只球鞋落地。

老幺呆在那里，雷打不动。过了老半天，才哭——是那种气哭。哭声像根游丝，从心窝子直往外抽，又一扯一扯地，勒进两边打颤的肋骨……

三、绳子尽拣细的断

> 屋漏偏遭连阴雨，
>
> 绳子尽拣细的断。

老子的丧歌，似乎说的就是他的一生。

三十年代初，老子徐桂福生于湖北省潜江市龙湾镇徐家湾一丧鼓世家。祖父徐尚忠好打丧鼓，一生游走在生死之间。那年，祖父一担箩筐扁担挑到邻村逃荒落户。徐家统共三房——大房、二房、幺房。祖父属大房。解放第二年，二房徐尚清的独子暴病而死，儿媳下堂，丢下一个叫虾子的两岁女儿。徐尚清不得不打起大房祖父的主意，想"立侄"（在房头挑一个侄子立门户）撑家。祖父有三个儿子，老大刚结婚，老二吃十岁的饭，老幺还穿开裆裤。徐尚清说，好事做上头，杀人杀进喉，他

147

要的是能端锅上灶又犁地的。就这样，老大徐桂福就带上新婚不久的发妻，返回祖地"立侄"，捡起了二房祖父丢下的根脉。

返回到祖地徐家湾后，徐桂福跟发妻生下两男两女，却没留下一瓜半枣，都一个一个地给了阎王爷。那时候，我跟徐桂福的"父子"关系，还没有一丝迹象。

四个孩子相继死后，发妻号得元气丧尽，走时连头发都掉光了。

"我要走了啊桂福！"

"你要去哪里？"

"去看看我的娃儿们。"

"你跟娃们都走了，我还活不活呀？"

"你得活，活着做人种哩！徐家还指望你立门顶户哩！"

"你就狠心把我一个撇下……"

"不是我狠心。四个娃儿都个挨个儿地喊我这个娘哩……"

发妻死后，"七七"还没过，接着又遭遇失火，三间屋子烧得精光。

"活造孽哟！"

"真是绳子尽拣细的断。"

"唉唉，一倒三歪——死人、失火又翻床，都被徐桂福赶上了。"

就在人们打量徐桂福不日也会去找他的妻子儿女时，他却一个挺儿，续了弦！

徐桂福三十七岁那年，一个名叫章永葆的寡妇，拖着一个五岁的油瓶子跟他结为半路夫妻。一年后，那寡妇就成了我娘。我是徐家长子，取名落云。第二年，老子三十九岁那年再添次子，取名三九——以示纪念老子三十九周岁。老三妹妹圆姣。老幺取名团圆。

或许是孩子生得多也死得多，麻木了，老子对我们一点儿都不稀罕。尤其是对我这个长子。老子一向信奉"不打不成器""棍棒底下出孝子"

的古训。记得我十八岁那年，老子还抡起胳膊粗的棍子打我。直到棍子在我身上打成三截、五截……

乡邻们都骂他，他却说："哼！我老子生一个死一个，惯了！"

"我不活了！"我揣上一瓶敌敌畏，跑到野外三河村的黄麻地里，满脑壳都是死。我之所以没来得及喝下农药，是老挨我打的老幺团圆突然一头扑来，夺下我手中的农药瓶子，哭喊着："回去啊！回去啊！"我也抱着团圆哭喊："我再也不打你了，我再也不打你了……"那时候，我也学老子常打人——打老幺！所谓"大鱼吃小鱼，小鱼吃虾米"的家暴，传染了我。

后来，老子老了，打不动了，但他却用另一种比打还狠的方式，敲打我。

80年代中期，我是个文学狂，一心想着的是一夜成名跳出农门。老子总是看不惯我，说："龙生龙，凤生凤，老鼠生来会打洞；生成的相，酿成的酱，癞蛤蟆莫想吃天鹅肉。"但我总是跟他拗着。

每回犁地，我跟他打下手，他就借机一边鞭打耕牛一边破口大骂。

牛拉屎了，他骂："老子看你搞不得事，一搞事就懒屎懒尿！"

牛啃青了，他骂："格好吃懒做的杂种，成天尽想衣来伸手，饭来张口！"

牛卸轭头了，他就抡起鞭子边打边骂："格骗死讨活的畜生，还想拿笔杆子，真不晓得丑卖几个钱一斤！"

……

一声声，戳在我心头！

一鞭鞭，打在我身上！

往后，我一直恨着老子。就是我娶妻生女后，那恨，都时不时来偷袭我。老实说，我从未饶恕过老子。我对老子的恨，早已长成了心头的一根刺，碰也痛，不碰也痛！

四、捉迷藏把妹妹"捉"丢了

妹妹生得白净，下巴上点了一颗痣，一双大眼眨着乖……

妹妹最好做两件事。一是缠着我捉迷藏。妹妹人小鬼大，每回捉迷藏都躲得精、藏得深，床底下、橱柜里、草垛根……能藏不能藏的，都能藏，每回要不是她"咯咯咯"地笑出声，压根儿就"捉"不到。一是接屋里的雨漏子。一到雨天，外面下大雨，家里就下小雨，可妹妹却喜兴得很，总是抢着拿碗儿，接漏子。雨水落在碗里，响着深深浅浅的声音。碗接满了，妹妹就泼在屋外，又把空碗放回原处接。漏雨越来越多，也越来越大，接不赢，妹妹就伸出小手做成瓢状接……最终雨水淋湿了屋子，也淋湿了妹妹伤心的哭号。

妹妹小我三岁还是两岁，我一直都不敢向娘求证——怕戳痛娘的心！

只晓得，我有妹妹的。妹妹她小名叫圆姣！

我还晓得，我跟妹妹之间，隔着弟弟三九。再后来，就隔到了天那边。

"我的姣儿，奶膘都还没脱尽，就丢了……"娘那晚说的话，至今过去了四十年，还刀子一样剜着我的心。

多少年了，我总是过不了妹妹这个坎，脑子几乎每天都要"闪"一下妹妹。我老是觉得，妹妹还活着。妹妹只是捉迷藏时"捉"丢了，不准哪天，妹妹就会"冒"出来，在我身后小脚一跺："嘿，哥！"

那年年根，只相差一岁的三九跟圆姣同时出疹子，不出半月，三岁的妹妹，就没了！大年三十，一家人吃团年饭，老子抱着三九，娘抱着发高烧的妹妹。妹妹的额头缠着一条白毛巾，两脸皱得起了壳子。我搛了一块粉蒸鱼，挑净刺，放在妹妹嘴上，妹妹张开唇，抿了抿。"吃呀妹……"我塞进她嘴里，可妹妹摇头，叫了我一声"哥哥……"我缩回筷子，几粒淡黄色的米粉沾在她嘴边，妹妹伸出舌尖儿，舔，却怎么也没够着……

妹妹是半夜里死的。妹妹摊在簸箕上，跟睡着了一样。我捧着妹妹的小手，看见她的指甲根夯着几片倒刺皮，想替她揪掉，又怕妹妹痛，就伸出指头蘸了涎水，帮她把倒刺皮一下一下抿平。妹妹下巴上的那颗痣，还是活的，眼睛一样看着我哩。娘要给妹妹擦嘴，我哭着不让，护着妹妹，护着妹妹舌头没够着的那几粒淡黄色的米粉……

老子枯坐在门槛上，埋着脑壳，像个木头。

隔壁的叔伯婶娘们跑过来帮忙，把妹妹装在一只摇篮里，胳肢窝一夹，像挎着什么东西，从老子身边擦身而过。一盏马灯舔着又凉又黑的夜色，走进坟地，就成了一豆忽闪忽闪的鬼火。

妹妹的坟茔很小，挤在大个子坟茔中间，跟她人一样，单薄、柔弱，还不敌一棵坟草显眼。

每天上学、放学，我都要路过那片坟地，停下来，打望一阵妹妹。

有一天，我发现妹妹没了。我没命地跑进偌大的坟地，一边在坟地穿梭、寻找妹妹，一边哭喊：

"圆姣啊——"

"妹妹啊——"

妹妹不理我。

妹妹一定又躲了起来。

妹妹好跟我捉迷藏哩。

我没喊应妹妹，却喊来了娘。

娘拉我回家。我不肯，说："妹妹不见了。"娘摘下头上的毛巾，捂着脸，毛巾上开满了蚕豆花，白的，紫的，交错在一起，风一吹，跟妹妹的眼睛一样，眨啊眨的。

娘说："回家吧，娃，你妹妹被大个子坟茔挤丢了。"

往后，我只要路过密匝匝的坟地，心里总是空得慌。接着，空荡荡的心头又会填满恨——恨老子没有保护好妹妹！恨老子一贯对生的轻视、死的麻木，让我永远痛失了妹妹！

如果，如果当年老子肯求人借钱，或是矮下身子给医生下跪，我的妹妹就不会死！

如果，如果妹妹还活着，我一定会有一个两个叫我"大舅"的外甥！

五、有父在，有世界……

有父在，有世界，门前的杨柳是父栽；

无父在，无世界，门前的杨柳东倒西歪；

有父在，有世界，亲戚朋友通往来；

无父在，无世界，亲戚朋友两丢开。

这首老子生前专门唱给亡父的《恓惶记》，此刻该轮到歌师唱给他了！

奔丧之路尤为漫长。在门板上摊了三天两夜的老子，为的是等我们生离的父子作死别。

老子的脸上盖着一张谷黄色的草纸。我双膝跪地，揭开草纸，把我的热脸贴上去，生与死的碰面竟是如此的冷酷和决绝。

两天两夜的火车，我跟老幺都泪流满面。丧父之痛，把兄弟俩捆绑在一起，又扔进悔之晚矣的深渊。

老幺坐牢的那些年里，家里发生了重大变故。先是三九出走，改名换姓做了上门女婿，不仅屈身给别人当儿子，而且把自己的姓都弄丢了。我呢，遭遇下岗，流浪到汕头打工谋生……

就在我准备外出时，老子背着一蛇皮袋土豆和新米，突然闯进我县城的家。原来他听说我在汕头找了一份工作，就赶在我出门前要我跟他去探监。

"去看看老幺吧，路费我出，啊？"他边说边掏出一叠皱巴巴的票子，"我晓得你们过得蛮难的，城里一下岗就没了饭碗，不像农民还有田盘。"

望着老子霉得起了一层霜的头，我久久无语。

见到老幺时，不知是忍着，还是装的，反正他显得很轻松。老幺问："娘还好吧？"他抢先说："蛮好，都蛮好的。我们还不得死，你一天不出来，我跟你娘就一天不会死。"

谁知，他的话竟一语成谶，老幺出来不到三个月，老子就死了。

探监返回潜江城，老子在我家待了一宿，也是唯一的一回。第二天我送他回乡下，他又磨磨蹭蹭挨到我跟前，唯唯诺诺，怯懦得像个小孩。忍了半天他才唤我一声乳名"落云……"却迟迟不语。我看着他，他却埋下头，回避我的目光，搓着裂了口子的手指头，低声下气地说，"我晓得你一直在恨我。不光恨我打你打得狠，还恨我把你的妹妹弄丢了……"我的目光落在他的后颈处，那里凸起一个拳头大的担包——挑担子磨出来的，我心头一阵绞痛。"我想求你个事……"老子近乎哀求的语气，"你到外面后，也帮老幺找个事，搁着，等他出来就去做。你们亲兄弟一场，有今生，无来世哩。"老子这才抬起头，目光躲躲闪闪，就是不敢跟我对视。我鼻子一哼，八字还没一撇呢！他却不依不饶，"反正，我这把老骨头没几天了，老幺的事你得搁心上！"说完就车身走人，上了车。

老幺来汕头打工后，整日心事重重，一有空隙，他就定格汕头电视台的一则广告琢磨。那则广告说的是，汕头市中医院研制了一种中药，是尿结石的克星。有一次，我问他看这些干什么。他吞吞吐吐一番后才说实情。原来老子得了严重的尿结石，而老幺之所以把自己流鼻涕的老毛病拖着、压着，是想先给老子买药治病。

"你怎不早说啊！"

老幺说："老子再三叮嘱不让告诉你，怕你担心。"老幺攒够钱后，就急着催我跟他去买药。可谁知，兄弟俩寄去的孝心药竟成了一剂毒药——父亲只喝了一碗，就因诱发高血压，七窍出血，当场毙命……

时至五更，葬礼进入盘棺开路。临时搭起的丧棚里，坐着一面大鼓，一帮鼓师——老子生前的徒子徒孙围鼓而坐，击鼓吟唱，一歌师手持引魂幡，绕棺边摇边唱："有父在，有世界，门前的杨柳是父栽……"

丧鼓声声……

我的思绪忽地踩上鼓点，穿越生死，回到儿时看到的一幕幕情景：常有人高马大的男人，一脸悲伤地朝老子走来，冷不丁"扑通"给他跪下，久久不起。老子一怔，赶紧伸手一边搀扶下跪的汉子，一边颤着声音："孝子吧！快起来，我去我去就是嘛……"

我一直没弄明白，老子那么卑微、低贱、胆小、落魄的一个人，怎么动不动就会有高高大大的男子汉，给他下跪呢？

娘说，男儿膝下有黄金，哪个肯矮下半截身子给人下跪？那些下跪的，都是孝子——不是老子不在了，就是娘没了！

"孝子是来请你老子打丧鼓哩！"娘说。

多年后，我着手长篇《黑丧鼓》的创作，走访了父亲的徒子徒孙们，也翻阅、查找了许多关于"打丧鼓"的资料，其中《荆州地区歌谣集》，就有三十多首"徐桂福演唱，某某某整理"的丧歌。而老子生前嗜好如命、由庄子的"鼓盆歌"演变而来的"打丧鼓"，2006 年已被列入首批国家级非物质文化遗产保护。

此刻，我也成了双膝下跪的男人——一个没有尽到一天孝的孝子，双手抱着老子的灵牌和无尽的哀伤，随了超度开道的鼓声和歌子，送我的亡父，上路、升天……

废墟上的歌者

　　有山风拂来，不知自天上，还是从地下，挟着一股尘埃，抑或是金沙江浸骨的凉意，向我无来由地袭来。我打了一串寒噤。我不知道这是不是攀西大裂谷野生的风，或是"8·30"攀枝花地震留下的一缕残风，总之，我立在风中，把自己站成一棵树，对，一棵沐风浴雨感知生命的树。

　　刚躲过"5·12"汶川大地震一劫的我，余悸未消，百日后，我又经历了攀枝花地震——2008 年 8 月 30 日 16 时 30 分，震级 6.1，震源深度十公里，俗称"8·30"攀枝花地震。

　　地震一过，我们就来到了盐边县一个嵌在大山皱褶中的村落——昔格达村。全村人居住的皆是土屋，似乎跟他们的命一样，注定土里刨食。土屋没有什么不好的，那经年的永不褪色的土腥味，闻着踏实、安逸。山民们在土屋里结婚，在土屋里啃苞谷、喝麦子酒、摆龙门阵；他们在土屋里呢喃梦呓，也在土屋里吵骂打架，当然，大多数时间是在土屋里盘算日复一日的农事，盘算来盘算去，不经意地就盘算出了他们一茬儿又一茬儿的庄稼，一代又一代的子孙……有土屋，真好！即可安身立命，又可平静地过清汤寡水的小日子。

　　可是，这一天，他们的平静，被彻底打破了，或者说，他们有序的生活秩序，仅在大地十几秒的摇晃中，被一下摧毁。这是距"5·12"汶川大地震一百零八天后，大地又跟人类过不去的一次地震，尽管震级为里氏 6.1 级，但还是撼动了极其脆弱的人类。就在我的脚下，到处都是帐篷，黄的，白的，蓝的，锥形的，方形的，圆形的，像一朵朵庞大的蘑菇，盛开在山地。透过"蘑菇"，是一片废墟，一位老农正用镢头刨着什么。

这是一堆残砖废瓦，在"8·30"之前，被称为"屋"，在老人的头顶，可现在呢，却破败成了一堆废物，被老人踩在脚下。我走上前去，问老人刨啥子。老人说："刨啥子？刨我家的东西。"他指了指脚下的废墟，又说："除了我这条老命没被活埋，啥子都被埋了。"他边说边刨，一股浓烟似的尘埃猛地腾起，接着，老人从废墟下刨出了一个凳子，敲了敲说："还能坐。"同行的一位画家接过老人手中的镢头，刨了起来。老人不肯歇着，就用手刨，不一会儿，蚊帐，被子、衣服、鞋子等什物都被一一刨了出来。老人的老伴，正在山坡下垒起的土灶前烧火，火苗子一束一束地飘出来，经风的过滤，就风化成了一缕缕生生不息的人间烟火，在废墟的上空，飘啊荡啊。

老伴撂下灶间的活儿，开始将老人刨出的物品，分门别类地清理在一旁。我发现，这些有用的或破损得不成看相的东西，都整齐有序地码放在一起。这些东西，都是他们亲手治理出来的家当，没破损的，还得继续使用，破损了的，修补后，再派上用场，就像他们受到惊吓的日子一样，还得一天续着一天地过。

喘气歇息的工夫，我问老人多大年纪，老人伸出拇指和小指，无声地瞅着我笑。"哦！六十岁，真看不出呢。"老人说："不瞒你说，我这把老骨头，曾在东北扛过五年枪，应征那会儿，身上的每个零件都被政府的人'摸'过，好着哩！"老人的幽默，引来了采风团的一阵笑声。

老人名叫杨林，全家八口人，三世同堂，住在这栋土屋里已经二十三年了。在回忆"8·30"地震来临的那一刻，老人仍不乏幽默。他说："那天，我蛮渴蛮渴的，就跟老婆'请假'，从紧挨屋后头的苞谷地里回屋找水喝，刚倒一碗水，就见碗里有一只蚂蚁，你说巧不巧，平时都是闭了眼就咕咚咕咚地喝一气的，这回我却叫花子打领带——穷讲究，跑到屋外头去倒蚂蚁，蚂蚁还没倒，就感到地动山摇，还没等反应过来是啥子事，身后就像谁点爆了炸药库，'嘭——嘭——'两声巨响，屋子就塌了，喏，成了现在这个样子。啧啧！要不是那只蚂蚁，你们这些拿笔杆子的，就看不到我的光辉形象了。"

"房子倒了，你心疼吗？"有人问。老人猛力地撬开一块石头，抹了一把汗，说："心疼是心疼，可这毕竟是房子，就像一个物件，生不带来，死不带去。这世上最金贵的是人的生命，只要命还在，人不死，就会有一切。"

不知什么时候，太阳移至头顶，五彩缤纷的光亮将山岚、田畴、庄稼镀上一层金黄色的流苏。下山，拐个弯，昔格达村已甩开老远。转回头，我看见阳光泛滥出一幅斑驳剪影：杨林老人立在那块废墟上不停地舞动着镢头，那劳作的姿势，以及每一个动作的幅度，比先前变得更为舒展、洒脱，且颇具节奏感，透着一股子乐观劲儿；山风拂来，隐隐地，有歌声抛下岩来："太阳出来喜洋洋哦，挑起扁担上山岗吆，手里拿把开山斧啰……"这是一首广为流传的四川民歌，歌声虽有些露风跑调，但经阳光的润色，就有了一种温度和力量。

我真不敢相信，又不得不承认，这歌子，正是从废墟上，从那位经受了地震重创的老人的口中吼出来的。

我走了，可是我的心却留在废墟上，伴着歌者铿锵有力的歌声，萦绕、飞扬……

绿皮火车上的"黑丧鼓"

怎么说呢，写下这个标题，我未免心有余悸。尽管这场没有硝烟的战斗已经过去整整十年；尽管我最终从"枪林弹雨"中突围告捷……然而，一丝莫名的后怕，总是扯得我生疼生疼。

是的，这是一场战斗，一个人的战斗，也是一群人的战斗。

从攀枝花抵达武昌东湖路翠柳街 1 号，是一段两天两夜的距离。十年前，准确地说，自 2011 年 10 月至 2014 年 4 月，我每年都要从中国西南川滇交界处的攀枝花出发，沿成昆线乘坐十三个小时的绿皮慢火车到成都站，然后候车五小时，再搭上耗时十八小时成都开往武昌的列车，最后打的到武昌东湖路翠柳街 1 号的湖北省作家协会，参加"湖北省首届长篇小说重点扶持作品"座谈会。其中，2011 年就往返了两趟（10 月参加答辩会、12 月底同湖北作协签约）。两天两夜昏天黑地的行程，真是苦不堪言。当年签约的二十位湖北籍作家中，只有我跟荆州的王芸在异乡以写作的方式谋生。

地处江汉平原腹地的潜江市龙湾镇，民俗风情淳朴，巫风盛行，至今还流传着"九桥十庙三宝塔，铜头铁尾篾扎腰，三鸦鲁港红石桥，七里三分龙一条"的神奇传说。那传说里的"七里三分龙一条"就是我的出生地——龙湾镇。

龙湾，不仅有列入全国十大重点文物保护的"龙湾古华容遗址"，还有由庄子的"鼓盆歌"演化、流传至今的"打丧鼓"风俗。这一专门超度亡魂、抚慰生者，仪式感尤为肃穆、庄重、神性的"打丧鼓"，早已在 2006 年被列入第一批国家级非物质文化遗产。我的父亲、祖父，还有江汉平原许许多多的民间土著丧鼓艺人们，一代一代地游离在生死之间，用伦理孝道的丧歌和接天通地的黑色鼓声，超度亡魂。我参与"湖北省首届长篇小说重点扶持作品"的长篇小说《黑丧鼓》，就是取材于"打丧鼓"的风俗，换句话说，《黑丧鼓》里的那些形形色色的歌师鼓手们，都有我父亲以及父亲的徒子徒孙们的影子。

因为我是湖北籍，而且，我将要动手写作的长篇处女作《黑丧鼓》，又属于正宗的"湖北重大题材"。经过"过五关，斩六将"的淘汰，我终于从近三百个选题中进入了前二十名的"重点扶持"。从此，火车，带着我，开始了穿越时空、穿越三省（川、陕、鄂）的长途跋涉。

昼夜颠倒的时空，除了身体的疲惫，更多是心理上的煎熬。老实说，每回从攀枝花出发，我都是揣着一火车的梦想，甚至是不切实际的幻想……那时候，我过得很不顺，生活穷困潦倒，连出租房也只能选择在远离攀枝花市区的自建房；文学创作也处于瓶颈期。可偏偏在这个节骨眼上，我遭遇了平时连想都不敢想的长篇小说。是的，遭遇，我遭遇了长篇小说。然而，生性不服输的我，骨子里想的却是非要把这"遭遇"化作"幸运"……每次乘坐火车返回攀枝花的途中，我都被一种无形的压力打压着，以至于暗暗后悔：人到中年，怎么会摊上这样一个烫手的山芋呢？却又心有不甘，兀自踱到车厢的连接处，透过总是蒙着一层雾气的玻璃窗，望着窗外一闪而过的灯火或是风景发呆。往往这个时候，对，就是这个时候，埋在心头的希冀就会虫子一样地爬出来，然后变成一根食指，对着玻璃窗，写下三个遒劲的大字：黑丧鼓。玻璃上那层薄薄的雾气，好像就是专门为我板书"黑丧鼓"的。一块玻璃窗写满了"黑丧鼓"，我又会跑到下一块玻璃窗上写，直到我乘坐的那节车厢连接处的四块玻璃窗上，都满满地留下我的"指书"：黑丧鼓。

火车，轰隆隆地一路呼啸而过，穿越山川、河流，穿越黑夜、白昼。

凝望玻璃上的"黑丧鼓"，我的脑海总会像过电影一样地闪现一些镜头：

镜头一：某年某月某日。湖北省作协会议室。三十名主创作家答辩会抽签之前，省作协负责人说："经过两轮专家评选，从近三百个选题中选出了三十名作家的三十个选题。这说明今天在座的三十名作家都很优秀、很不容易。但是，按规定，在接下来的两天时间的答辩会中，必须要在三十名作家中淘汰十名——只有二十名作家进入三年的'重点扶持创作'阶段。"现实很残酷。

镜头二：某年某月某日。湖北省作协会议室。二十名主创作家创作进度汇报会。会议主持人最后强调："二十部作品最终只选出十部作品出版。"由专家评委投票决定。

镜头三：……

这些随了颠簸的火车不停闪现的镜头，总是时不时地给我提气、鼓劲，并一次次地令我树立自信，写好《黑丧鼓》。

不时地，总有吸烟或活动筋骨的乘客，在火车车厢的连接处来回走动，走着走着，都会停下步子，愣愣地看着我写在玻璃上的"黑丧鼓"，怪怪的眼神里，我读出了许多想象得到也想象不到的内容。

火车玻璃窗上的"黑丧鼓"，只需轻轻哈上一口气，就会被淹没。换句话说，跟我一起竞争十个名额的那十九位签约作家，任何一个作家不用吹灰之力，都有可能将我淘汰出局。湖北作协每年召集一次的二十名主创作家的座谈会，作家们表面上有说有笑，一团和气，暗中却把每个人都当成自己必须要打败的对手。是的，这分明就是一场格斗。轻"敌"、慎"敌"的心理，包括我，或多或少地都存在。

四年间，我每年都会有一次意义一样、目的地相同的远行，而每次从攀枝花抵达翠柳街1号，或从翠柳街1号返回攀枝花，我的心境都会大不相同。而绿皮火车玻璃窗上的"黑丧鼓"，却依然是一副我行我素的派头：坚毅，挺立，不可战胜。

回到攀枝花，确切地说，是回到攀枝花市区郊外公山湾不到八平方米的出租屋里，我总要恍惚、虚脱一阵子——这种特殊的"休整"方式，一直像阴魂一样地缠着我。几天后，待缓过劲儿来的我，又不得不打开电脑，开始每天都在重复的劳动。那时候，我才知道，写作长篇，除了需要毅力、定力、心力外，体力是最基本也是最重要的保障。作家们时常津津乐道的什么技巧啊，创新啊，都成了文本的身外之物。

《黑丧鼓》终于画上了句号。我虽没有像路遥写完《平凡的世界》那样，有一支圆珠笔，可以狠狠地扔出窗外，但我完全能切身地感受到，路遥那些年《早晨从中午开始》的悲与喜，苦与乐，重与轻，有与无的交织和妥协。

2014 年 5 月 20 日，我接到湖北省作协通知，到武汉参加湖北省作协举行的"湖北长篇小说新书首发暨影视推介会"。当然，又是坐火车——那列我认识它，它不认识我的绿皮火车，又是在车厢连接处那一块块透明的车窗玻璃上，或者是惯性使然，或者是情不自禁，总之，我会伸出右手的食指，戳着，刚强地，也是柔软地，指书三个字：黑丧鼓。只是，只是这一回，我多写了一个书名号，把"黑丧鼓"牢牢地"框"在了里面。

作品跟人一样，都有着各自的命运和归宿。2015 年 5 月，《黑丧鼓》被四川省作协推荐入围参评第九届茅盾文学奖，同年 11 月，在三年一届的四川文学奖评选中，《黑丧鼓》获得第八届四川文学奖。颁奖会上，我作为四川文学奖的获奖代表作了发言：

　　文学，是一项寂寞而清苦的事业。更多时候，是作家自己在跟自己撕扯、搏斗！在我看来，真正意义上的写作，就是抽空灵魂的写作；有担当的文学书写，就是需要作家用定力、毅力、心力乃至神力去合力完成的大涅槃！我的每一次写作，如同我从攀枝花到成都乘坐的那列绿皮慢火车一样，大多数时间都是在穿越没有指向的一个又一个隧道，仿佛在一个未知的，但又是充满了无限诱惑和想象的世界里漫漫穿行。然而，那长长延伸的铁轨，那隆隆作响的轰鸣，那飞速行进的火车，那时时掠过闪现的亮光和晃动的风景，总会让我怦然心动地感到文学的温暖，抵达下一个永远没有终点却有梦的下一站……

"黑丧鼓"或者"《黑丧鼓》"，我敢说，这是中国铁路上独一无二的"指书"，也是绝无仅有无法留存的"手迹"。可是，谁又曾想过，这带着我体温和心迹的"指书"，却让我在"天""地""人"和"生"与"死"的道上，穿越、涅槃了一回。

小人物

老　表

老表跟我同庚，有个蛮土的名字：捡狗。

捡狗是拾粪的表叔从东荆河堤上捡来的。

表叔是个驼背，到老打单身，捡来捡狗后，表叔就当爹做娘地抚养捡狗。

捡狗跟我同一年发蒙。那年我小学毕业了，可捡狗仍在三年级当"留级佬"。老师说捡狗是个猪脑壳，念书不开窍。表叔气不过，干脆领了捡狗回家喂猪，捡狗像捡了个大财喜，就喜滋滋地回家当猪倌了。

每回放假回家，捡狗都要有事无事地找我问长问短，而问得最多的是"你念书脑壳疼不疼"。我说："念书脑壳怎么会疼呢？"可捡狗一见那些洋码字，脑壳就像钉子钉一样疼。

"不疼就好，"捡狗强调说，"该你往后吃文墨饭哩。"

几年后，我真应了捡狗的话进城吃了文墨饭，也成了家，可捡狗的婚姻一直无着落，仍单身一人跟驼背表叔在乡下盘泥巴。

捡狗说过好几个女子，对捡狗也满意，可一见背驼得比脑壳还高的驼背爹就乱摇头，说表叔是累赘。有个从巫山巴东来的女子跟捡狗都扯结婚证了，结婚前三天，那女子突然提出完婚就分家。捡狗听了，脸一板："不行！"女子说："他又不是你亲爹。"捡狗就说："不光是亲爹，还是亲娘呢。"女子说："你是要你爹还是要我？"捡狗说："当然要爹。"

到手的婚事就这样黄了。

前些年，因单位不景气，我决定南下打工，捡狗得知后，死缠着我带他到广东，他说自己没文化，但有力气，干什么都行。

捡狗到一家建筑工地卖苦力，用一瓣瓣的汗水换血汗钱。一年后，捡狗出事了，一块预制板压断了他的一条腿，人高马大的捡狗成了一个瘸子。好在老板讲理，赔了捡狗八万元的伤残费。

捡狗拖着残腿，一拐一拐地回了家。

捡狗回村的头一件事就是用三万元盖了一幢二层的楼房，这事儿立马在村里炸开了锅。很快，村人就传开捡狗挣了许多钱，有说六万、八万的，也有说十万的。

不久，主动求婚的女子成打成打地涌上门。

捡狗心里最清楚，这些女子都是冲着钱来的，捡狗拒绝了许多求婚的美女，却娶了村上最丑的歪嘴女。

相亲时，捡狗问歪嘴女："嫌不嫌弃我的驼背爹？"

"除非我不是父母所生。"歪嘴女答。

"嫌不嫌我是个瘸子？"

"我还是个歪嘴呢。"

"好！"捡狗手一拍，"你不嫌我腿瘸，我不怨你嘴歪，扯平了，这样过日子才踏实。"

补鞋女

村上建了一个大型鞋厂，老板是台湾商人。

有一天，厂门口忽然冒出一位补鞋女。来来往往的上班族打鞋摊过，对其视而不见。补鞋女四十多岁，戴一顶破得不能再破的草帽，满是油渍污垢的肥大围裙拖在地上，将她整个下身罩得严严实实，整天尽是钉钉磕磕的，似乎这世上就属她最忙。

极少见她闲下，偶尔有，她就用一种平和的心态和眼睛，去欣赏那流动着的目不暇接的五彩斑斓的鞋……她盯上了一双尘埃斑驳的红皮鞋。

打这后，每到上班的高峰期，不管多忙，她都要停下手里的活计，眼珠滴溜溜地一下子从纷乱繁杂的鞋中认出那双红皮鞋。

这一天，红皮鞋终于走近了她的鞋摊。

"补鞋吗？妹子。"她温热的目光在红皮鞋憔悴的脸上，停了停。

红皮鞋懒懒地"嗯"一声，算作回答。

鞋，很快补好。她没有立马给红皮鞋，而是将裂了口子的手在围裙上蹭了蹭，轻轻拿过红皮鞋的脚，好一番比划和称慕。

"啧啧，妹子，你是哪辈子修的福哟，好一双玉脚，好福气啊！"

"福气？"红皮鞋自嘲地一笑："下岗啦，还福气？"

"下岗咋啦？"她一边摩挲红皮鞋那修长而极富弹性的脚，一边望着她说："下岗没啥子大不了的，好妹子，有脚就有路，路，都是走出来的！"

一抹夕阳涂在天幕，淡淡的，像血。她开始收摊子。拍拍身上的灰尘，她侧身从肥大的围裙里抽出一双拐杖，上路……

红皮鞋懵了！她木立在夕辉里，呆呆地盯了那双悬着的空荡荡的裤管，任那铿锵有力的双拐敲击她的心……

三　丑

三丑丑不说，还穷，讨不上老婆，被村人瞧不起。一气之下，三丑

166

就决定离开屙屎不生蛆的川西农村，到成都打工赚钱。

出门那天，不巧碰上了村长。三丑就跟村长打招呼。村长一向没把他放眼里，就用鼻子"嗯"一声算作回应。三丑不甘，故意把两包行李在村长面前揉了揉，转身就走。村长奇怪，就喊住三丑，说："你这是去哪里？"三丑似乎用鼻子也"嗯"了一声，说："到成都打工挣钱哩！"

村长怪笑了两声，说："三丑吔，你怕不止三个丑呢，你怕不晓得丑卖几个钱一斤呢！"

三丑懒得理村长，耸了耸，就头也不回地，一溜烟出了村子。

三丑是头一回来大城市，觉着大城市里什么都比乡下新鲜。三丑先是去几家厂子应聘找工，可刚到厂子门口，就被保安死死拦截："去去去！你个丑八怪，要饭快到别处去要！"三丑辩解说："我不是要饭的，我是来打工的。""呸！"保安怪笑了三声——比出门碰上的村长多笑了一声，然后，保安硬是把冲到嘴边的"丑"字吞回肚子，说："面试——晓得不？你面试都过不了关哩！"三丑一愣，啥子"命四""命五"的，我们村上的算命瞎子还说我有九条命呢！

三丑找工碰得鼻青脸肿，灰头土脸回到大桥下面的"家"时，几个拾荒的"荒友"就问他咋样，三丑说："城里人就是怪，说我啥子'面四'过不了关，呸！老子还'命九'哩——比他们城里多五个哩！""荒友"们笑得眼泪流，说："三丑，你个瓜娃子，人家是说面试——就是你的长相，不过关。大城市招工，头一个讲的就是人的形象。"

三丑就死了进厂子的心。想想也是，谁叫我这般眼斜嘴歪，丑得连自己都嫌丑呢？

三丑只得继续住桥洞，继续到附近的水泥厂捡废弃的破水泥袋子，继续到居民小区门口的垃圾桶里翻找充饥的食物……今三明四的，几个月下来，三丑就攒了一点钱。于是，三丑就得出一个结论：即使到大城市拾荒，也比窝在乡下老家强个八儿十倍的。不觉间，就到了年根儿。

三丑突然想起该给远在乡下的娘老子寄些过年钱了。

三丑来到邮局，心一横，就把全部积蓄三千元汇给了爹。

汇款单是村长代收的。村长拿着汇款单，看了正面瞅反面，着实不敢相信，这笔汇款，是村上的三丑寄来的。

没过多久，三丑爹又收到了三丑的信。三丑爹是个"睁眼瞎"，就请村长帮忙念信。三丑信中说，"我在成都挺好的……现在一家公司跑销售，包吃包住，每月两千八百元，年底还有奖金……往后，我每月都给你和娘汇钱……"

几天后，三丑又打来长途。电话是隔壁商店的老板接的。老板喊来爹接电话。三丑电话里说准备做一笔大生意，急着要钱，要爹速将三千元汇给他。末了，三丑还一再强调，要爹亲自请邮局的营业员代写汇款单，千万不要让村长和村人知道。

三丑收到三千元汇款后，一到下月头，又立马原封不动地汇给了爹。爹喜欢得蹦起多高，想儿子真在大城市发财了。村长和村人呢，先是羡慕佩服得不行，后是嫉妒眼红得要死。

三丑爹收到汇款单不久，三丑又打来电话，说生意越做越大，红火得很，急需资金周转，要爹每次收到汇款后就返汇给他。就这样，寄来汇去的，一年下来，村人不清楚三丑往家里汇了多少回、多少钱，可村长心头最有数：每月三千元，一年累计就是三万六千元——三丑小子真发财了！

两年后，三丑回到村子休"探亲假"，假没休完，一直娶不到老婆的三丑，却娶了村上最富有、最标致的女子——村长的千金。

"棒棒"老瘸

"棒棒"，是四川、重庆一带的叫法，也就是人们通常所说的"挑夫",一如武汉的"扁担",贵阳的"背篼"。

有着"小重庆"之称的攀枝花,凭苦力吃饭的"棒棒"大有人在。尤其是攀枝花钢铁厂红火的年代,从川内以及外省来钢城做"棒棒"的多如牛毛。

攀枝花是 20 世纪 60 年代中期因"三线建设"崛起的城市,是中国西部最大的移民城市。第一拨"棒棒",大都是投靠几十万"攀一代"建设者们来的。"棒棒"们觉得,靠一根棒棒就可生存甚至赚钱,是很划算实惠的事。他们尝到甜头后,就怂恿自己的兄弟姊妹、五亲六眷纷纷效仿。于是,奔腾不息的金沙江畔就蜗居了不少拖家带口的"棒棒"们。八年或十年下来,一根棒棒"挑"来票子房子车子的,不乏其人。当然,那是时代的造化。

就是几十年过后的今天,"棒棒"军依然是这座城市不可小觑的"支点"。有民谣作证:"好一座移民城,山高路不平,离了棒棒军,急煞城里人……"

我来攀枝花是 5·12 汶川大地震后。那时候,"棒棒"们的生计已是日落西山,每况愈下。可一些没别的门路的"棒棒"们,只有抱着一根棒棒,死守、硬撑。

初来乍到,人生地不熟的我,只得通过房屋中介在市中心炳草岗找了一间合租房。因租金高,加之"拉"我合租的那个叫罗平的中年男子,欺生不说,还阴险歹毒(一年多后,我无意中得知罗某曾是攀宾专门负责采购食品的员工,因其非法采购地沟油充当食用油牟取私利而被除名),与"狼"共舞半个月后,我决定逃离"狼窝",再不与人合租。可是,哪里又是我的栖身之地呢?

"搬家"(其实就是随我流浪多地的一台笨重的台式电脑和铺盖行李)那天,穷得只剩下一点可怜的尊严的我,不得不把目光投向随处揽活的"棒棒"——省些钱不说,关键是还可以从"棒棒"口中"套"出最便宜的房租。"棒棒"把我从头到脚打量一番后，问我到底要啥价位的，我说要最便宜的，说着还朝他伸出一根小拇指。他瞟我一眼，低着头用两个蛇皮袋子把我的全部家当装好，然后棒棒两头一挑，上肩，又嚅嚅着盯了我一眼，半天才说："跟我走。"

那根棒棒在他肩上隐隐地抖动着，发出吱呀吱呀的声音，盖住了他的喘息。八月的日头，毒，晃得人睁不开眼。走到马路边芒果树下的阴凉里，我才发现，他的背影高一下低一下的，竟是个腿脚不便利的人。

一路上，不少"棒棒"跟他打招呼：肩挑手提的就相互用眼神丢一个笑；空手转悠找活的就朝他打嘴恭——"老瘸，安逸哟"。老瘸换个肩，颠得更欢实。我不解，同行当面戳他短，他不恼。一小时后——老瘸竟没歇口气——把我引到了一处叫公山湾的山坡下。"喏——"他朝山顶上一指，回我一个大拇指，"全城最便宜！"

公山湾，偏僻，荒凉，在金沙江边的一处山顶上，上去要爬一个"之"字形的陡坡。上面除了一些没有产权、供人出租的简陋民宿外，还有一个屠宰场。后来才知道，老板竟是黑恶势力组织头目、垄断当地屠宰业达二十余载的"猪老大"。在打黑除恶专项斗争中，他被依法判处有期徒刑二十五年。现在每每想起，不由得惊出一身冷汗——当初我可是从"狼窝"跳进"虎口"啊！

住在公山湾三年零四个月，我虽没遭遇"人祸"，但时有"天灾"侵袭——泥石流等自然灾害频发，这里是当地的重要地质灾害隐患点。就是在这落魄者栖身的"贫民窟"，我竟然交上桃花运——遇上了国土局一位时常来隐患点查看灾情的公务员——后来成了我老婆……

有事无事，我时常爬到山顶，感受一座城、一条江尽收眼底的壮观，还有从卑贱里冒出来的类似一览众山小的奢望与不甘。

原来，老瘸就住公山湾。我成了老瘸楼上楼下的邻居。

公山湾脚下是博美家私城，每天都有"棒棒"聚在一起冲壳子——扯白聊天。老瘸也混杂其间，一旦有人叫"棒棒——"，"棒棒"们就呼啦一下散开，像搅动的马蜂窝。

跟老瘸混熟后，我们无话不说。我问他："老婆孩子呢？"他就把手中的棒棒往地上嗵嗵一捣鼓，"棒棒一条！"随后反问我："你呢？"我说："跟你一样。"他不信，硬说："你比我高一头，咋会光棍呢？"我说："我是高，跟你'高'到了一块——高高在上呢。"他就笑，笑出了眼泪。

大多时候，老瘸会独自一人跑到华山小区守活，时间一长，居民都知道他老瘸了。老瘸坐在台阶上，双手抱着磨得发亮的棒棒，神情麻木，两眼却放着光……"老瘸棒棒——"声音是从半山腰砸下来的。"龟儿子！"老瘸莫名地骂一句，攥紧棒棒，屁颠屁颠朝山上瘸去，那翘起老高的腔，翘巴着兴奋和滑稽。

主人问他多少钱，他总是唯唯诺诺地支吾说"随便"。"随便是多少钱？"他笑笑："你看着给吧！"他跟人做生意极少因价争得面红耳赤而黄的，碰上出手大方的，扔给他十元，说不用找了。他呢，诚惶诚恐地从贴胸的内衣口袋里掏出零钱，找给主人多给的钱。他不习惯要这不劳而获的施舍，但他也从不卖跟他收入相差甚远的憨力。有一次，一中年男子要他将两包年货挑上山，只肯付二十元。他认为太不划算，要对方再加五元。中年人骂他："臭瘸子，不挑算了，'棒棒'多的是。"没想到，直至那人最后喊出三十元，也没一个棒棒肯爬这高而陡的山梯。中年人急得直跺脚，老瘸看不过去，不声不响地帮他挑上了山。末了，中年人硬塞给他三十元，可他硬是掏出皱巴巴的五元票子，扔给主人，就一瘸瘸下山了。

渐渐地，老瘸在华山小区的生意就做出来了。

有一天黄昏，老瘸屁颠屁颠担着物品下山，不慎一脚踏空，连人带物重重地摔倒。待他鼻青脸肿地爬起身，去抢散落一地的物品时，一股浓酽的酒香已在山坡蔓延开来。"啥子搞的嘛，老瘸！"主人拾起一个摔破的酒瓶，"笨蛋！"

老瘸一边向主人赔礼，一边连声说："我赔我赔。"

"你赔？"主人鼻子一哼，"放牛娃赔牯牛，你赔得起？"

当他得知摔破的是一瓶价值一千八百八十元的五粮液时，一下瘫软在地："老板，就是把我的老命搭上，我也赔……"话音里明显掺着哭声。

那年，我在市区购置了一套三居室房子，就从公山湾搬进了新居，跟老瘸就断了联系。储存的手机号也形同虚设。办公室的旧报刊越积越多，我就想起了老瘸。老瘸说他已回南充老家办事，事一办完就回。

一晃半年过去了，华山小区山梯上没了老瘸的身影，上千户居民心里空荡荡的，像丢了什么。

"老瘸咋个还不来呢？"

"老瘸咋个了？"

有人说瘸子可能是因赔不起那瓶五粮液跑了。

"老瘸一定还会来的！"五粮液主人掏出一张条子，"这是老瘸给我打的欠条呢！"主人照欠条上的手机号给老瘸打过去。关机。

一个月后，我接到老瘸打来的电话，说他本想回攀枝花的，没想到又摔了一跤，很重，"棒棒"这碗饭肯定是吃不成了，加上他到老单身，又过了六十，可到当地民政部门领取一笔钱养老。末了，老瘸委托我替他还上那瓶五粮液的钱。我要那人的手机号，老瘸说不急，让我先加他侄子的微信，等收到钱再说。我说："不用的，我替你还——我现在有钱了。"老瘸说："你的钱是你的，你又不欠我的，凭啥子嘛？"无奈，我只好听从老瘸的。不久，老瘸的侄子果真微信传给我

172

一千八百八十元。

　　那天，我去华山替老瘸还钱，特地爬了一趟老瘸经常负重爬行的山梯。我用步子丈量，用心默数，一级，两级，五级……不多不少，统共一百八十六级台阶。

幸遇安宁鸟

　　遇上那群鸟，是一个阳光泛滥的午后，在安宁河畔。

　　那天，市区下了一场百年未遇极其罕见的雪。我伫立在雪落静无声的金沙江畔，陪寒冷发呆……那一刻，在攀枝花过惯了暖冬的我，感到从未有过的冷——身和心都冷。那时候，我过得很不顺，似乎世上所有的人和事，都故意找上门来跟我作对，心情糟糕到了极点，觉着日子一下黑到了头。

　　"回吧！"是妻子。

　　妻子的一声"回吧"，让我的心尖儿一热。她一手撑伞，一手挽起我的胳膊，把我往她娇小的身上轻轻一揽，"回吧！"一股暖流在我心头回旋。是啊，这世上，只有家，才配得上说回。尽管妻子没有把那个"家"字说出口，但我分明感受到，她把"家"省略到了我俩的心里。爱，无须过多言说。尤其是你在外遭遇不顺或不幸时，最亲最疼你的人，往往对你说的就是这两个字："回吧！"

　　于是，处于赋闲状态的我，被妻子硬拉回了阳光灿烂的米易，也就是妻子的娘家。按"一个女婿半个子"的传统说法，注定我此生与米易有难以割舍的情缘。

　　一小时的车程，很快就到了米易。一下车，我们直奔安宁河。没走几步，铺天盖地的阳光就晃花了我的眼，脚下呢，疑是踩着了金子一般的绸缎。放眼四望，阳光打天上抑或山谷摔下来碎成金子，若天女散花一样四散开去，把个山呀水呀花呀草的，还有三两声鸟鸣一绺风，都镀上了一层细碎的金子，泛着米黄色的光。一上安宁河大堤，就觉着步上了一条阳光大道。我不忍往前走，哪怕只一步，因为每一步，都有不同的风景；我又不甘停留，哪怕就一秒，因为十步之内，必有一景；此时此地，竟有景由心生、情由景生的美妙。

不远处，就是国家皮划艇激流回旋训练基地，也是中国唯一的皮划艇冬训基地。此刻，无数位皮划艇健将与湍急的河流奋勇搏击的飒爽英姿，吸引了许多游客驻足观赏。

拾级攀上朱红色的龙桥，映入眼帘的是波光激滟的潺潺河水。

安宁河，这条大凉山的母亲河，有别于雅砻江干流及其他支流，其切割较浅，河谷宽阔，阡陌纵横。河床多有浅滩、心滩、沙洲，河谷宽窄相间，水流曲折。安宁河自横断山脉小岭的阳糯雪山与菩萨岗，一路浩浩荡荡奔腾三百多公里，拐个弯，在米易境内缱绻缠绕，用阳光一般的河水养育了一代代米易儿女。我想，当年的三皇五帝中的第二大帝颛顼，怕是沾了安宁河的灵气，才有如此造化吧。

不知何时，安宁河畔的人越聚越多，红男绿女，大人小孩，除了米易人，还有许多远道而来的外地游客。据说，这些外地人，都是来米易晒太阳的。这些年，米易人用遍地都是的阳光打造出了享誉全国的"阳光康养"品牌。时令一入冬，来自全国各地的游客像候鸟一样飞往米易越冬。有的还拖家带口，干脆"落户"小城一隅的"农家乐"，用大把大把的阳光越冬过年；有的还在安宁河畔置上一套房，随时来米易"春赏花、夏避暑、秋品果、冬暖阳"，享受仙境般的生活。

冬季的安宁河，没有冬眠，也不会冬眠，就像乡愁一样，永远地醒着，提示你什么都可忘，就是不能忘恩、忘本、忘根。

我天生怕冷，一遇到这样难得的阳光，总要曝晒一气。没多时，我感到僵冷的身子开始渐渐发热，骨头缝里的寒气，正被阳光一点点蒸发。我闻到了一股味道，准确地说，是一种混合的霉味，那来自我体内郁结多年的落魄，伤痛，悲戚，还有失意……霉成的块垒，正在被米易冬日的阳光，一丝丝地抽出，翻晒，炙烤。

我的身跟心，一下变得轻松、舒朗起来。

米易冬日的阳光，不光祛寒、暖身，更能疗伤。

河滩上，一位老外架着相机，对着心滩上的风景，不时换角度、调镜头，阳光下，他的额头沁出米粒儿大的汗珠。看来，他在此已候多时，迫切而又安静地等待着他心目中的风景出现。流水潺潺，河风阵阵，午后的阳光落在河中，河水像镜子一样，有了一种柔软的反光，再听那流水声，似乎成了温软的呢喃。

这就是冬日阳光下的安宁河，安静得像一个处子。

忽地，一群鸟儿款款飞来，久久地盘旋着，乍看似乎贴着云朵，又疑似在水中。最终，鸟儿们一个挨一个地落下，呈"人"字形立在心滩一块礁石上，始终保持着同一个姿势：收紧翅膀，微微仰头，旁若无人地向着同一个地方——水天交汇处，久久地，久久地行注目礼。

老外端着相机，屏住呼吸，翘首以盼奇迹的出现。

我出生千湖之省的湖北水乡，见多了各种各样的鸟儿，也略知一些鸟类的习性。而这群栖息或者说来安宁河越冬的鸟们，我从未见过，也叫不出名字。河两岸的游人越聚越多——都是冲着这群鸟来的。"哟嗬——哟嗬嗬——"有人打吆喝，可鸟儿们不屑一顾。众人又一齐打吆喝，"哟嗬——哟嗬嗬——"一声声吆喝宛若汹涌澎湃的波涛，将鸟们团团围住，可这些鸟们依然视而不见，充耳不闻，一副"敌军围困万千重，我自岿然不动"的气派，从容、淡定与安静的神情，着实令我佩服。

"这叫啥子鸟？"

"从没见过呢！"

"……"

"安——宁——鸟！"老外走进人群，一边打着手势，一边用不太流利的汉语说，"你们看——安宁河上的安宁鸟，多安宁啊！"

老外一语道破天机——就叫它"安宁鸟"吧。

"安宁鸟——来一张！"

"来一张——安宁鸟！"

游客们纷纷以"安宁鸟"为背景，摆出各种各样的造型与鸟合影……末了，众人欢呼雀跃，大声叫喊起"安宁鸟"来。"安宁鸟"的声浪排山倒海，在"安宁鸟"们的头上，脚下，拍打，呼啸……然而，它们总是以安宁的静态之美，以一个大写之"人"的定力，静静地伫立在天、地、人之间。

老外端起相机悄悄退到一边，选定一个制高点，咔嚓一声，把这天人合一的美妙瞬间，永远定格在安宁河畔。

夕阳西下，安宁河水把一河残阳漂得尤为鲜亮、柔美。远远望去，安宁河心滩上那个安宁的"人"字，仿佛大自然的神来之笔，又恍如人出窍的，那个灵魂。

摆渡人

——我与文学期刊编辑

文学，于我等同生命。

我的文学创作，须臾未离开过我"邮票般大小的故乡"江汉平原乡村。换句话说，乡村，一直是我心心念念的创作母题；乡土，是恩泽我的一方风水宝地；乡情，是我心有戚戚的终极皈依。从《湖北农民报》发表两千字的散文处女作《母亲的土布袋》，到登上《人民日报》大地副刊和出版散文集《麦浪漾起的乡村》；从《时代文学》发表一万余字的小说处女作《村丑》，到出版中短篇小说集《芦花白，芦花飞》和《黑丧鼓》闯入"湖北长篇小说重点扶持计划丛书"；从1984年短篇小说《祭嫂》获得县级文学奖（潜江县建国35周年文学奖），到2015年长篇小说《黑丧鼓》获得省级文学奖（第八届四川文学奖）。一路磕磕绊绊走到今天，我所取得的一点一滴成绩，无不得益于在幕后默默把我"扶上马，送一程"的良师益友。

众所周知，文学是有一个标高的，通俗地说，有一道必须跨越的门槛。这一道道门槛，无非就是文学报刊。而这些报刊大致分为四个梯级：县级、地市级、省级、国家级。这四道门槛，是横在每个写作者面前的一个标高，高度的加码、升格、超越，往往视写作者的个体差异或者说写作程度而定，这个程度，通常是一个极其艰难困苦的过程，既有主观的自我超越，也有客观的外力提携。总之，是每个作者难以跨越又必须跨越的"坎"。有许多作者终其一生，只是迈进了县、地市级的门槛，却无法敲开省级大门，至于高高在上的国家级殿堂，更是高不可攀，望尘莫及。

有时候，有些事，你本人使出一肚子力也无济于事，而别人，只需伸出援手轻轻"拉"你一把，就成了。在漫长艰辛的文学旅途上，我有幸"撞上"了甘愿"拉"我的编辑老师，往小里说，是我个人的幸运，往大里说，是文学的幸事。本文记录我与几位老师的过往，虽是挂一漏万，却能真实地映射出文学编辑这个特殊群体的职业操守和人格魅力。

《潜江文艺》编辑李运棣

在"文学热"的鼎盛时期20世纪80年代，追逐文学的热血青年可谓铺天盖地，多如牛毛。就连当时刊登的一些征婚启事，都要贴上"爱好文学"的标签，似乎只要一跟文学沾边，就会走上桃花运，迎来一场轰轰烈烈的爱情。

我，自然也被懵懵懂懂地卷进这场空前绝后的文学浪潮，拽住"文学热"的尾巴，不顾一切地纵身一跃，跳进汹涌澎湃的文学海洋里，或随波逐流，或劈波斩浪……在读了当时流行的《艳阳天》及省内的文学期刊《长江文艺》《芳草》《布谷鸟》后，我开始蠢蠢欲动，朝着我的作家梦试笔，一出手就是一部三万多字的中篇小说《纽带》，投给一本名为《长江》的大型文学季刊。在苦苦等待编辑部回信的日子里，说煎熬，一点也不过头。但煎熬过头后，我竟然会浑浑噩噩地幻想，对，幻想一炮打响，像邻县沔阳（今仙桃市）的农民作家楚良（本名万良海）那样，因短篇小说《抢劫即将发生》（获1983年全国优秀短篇小说奖）被荆门市作为人才"抢"到文化局当专业作家。当然，我的幻想以破灭告终。大约两个月后，我收到一个又大又沉的牛皮纸大信封——一百多页的手写稿物归原主。值得安慰的是，里面有一封编辑的亲笔退稿信，大意是嘱咐我，地要一块一块翻，田要一块一块种，先从短篇写起，短篇写好了，再写中篇、长篇……不久，龙湾公社文化站站长李光富推荐我到潜江县文化馆参加为期二十天的全县业余作者创作培训班。全县十六名作者，我是年龄最小的。就是在这次培训班上，我有幸结识了《潜江文艺》的编辑李运棣——真正把我引进文学之门的"发蒙师"。

当年的潜江县文化馆，是一个摇把弯的院子，清一色的简易红砖平瓦房，是全馆文艺辅导干部的办公室兼家属区。院外，有一个不大的荷塘，不时有阵阵鸟语花香裹着悠扬的琴声飘过。就在这个院子里，时常看见一位略微驼背，留着平头，衣着朴素，步幅小，一脸和蔼，眉呀眼呀嘴角呵，一齐漾着盈盈的笑，这笑，是"自来笑"，发自内心。那时候，我还不懂何谓"相由心生"，只知道，这笑，怎么看怎么都会让你的心尖尖无端地拱出一个字：亲。恍惚觉着，他就是你的一个亲人。

有一天，当这位笑意盈盈的"亲人"走上讲台，给我们一帮业余作者指点迷津时，才知道他就是《潜江文艺》的编辑李运棣。

二十天的培训，说长不长，说短也不算短，但足以把一个素不相识的人混成熟人抑或知己，也可把一个曾经的挚友处成生人甚或仇人。而我，当然还有培训班的每一个人，却把李运棣老师处成了亲人。盛夏，天气热，我们时常在文化馆的院子里纳凉，听李老师操一口沙市口音与我们谈文学。某一天，李老师指着一位不速之客（非培训班学员）对我说，他叫潘庭芳，沔阳的农民，刚在《芳草》发表小说处女作《家常话》……当时我心头一咯噔，天啊！他就是潘庭芳。在这之前，我曾在李老师主编的《潜江文艺》上，相继拜读过他的《夫妻夜话》《啰嗦婆絮言》等不下四篇小说，以及湖北群艺馆主办的《布谷鸟》上发表的《邪嫂》《今晚他要来》。当天，我就同潘攀谈起来，有关文学的，生活的，等等。分手时，我突然问推着一辆老式28自行车的潘庭芳，你是外县的，怎么舍近求远跑到我们潜江来找李老师。潘笑笑，李老师为人好，不管是本县还是外县的作者，只要找上门来，他都一一接待，一丝不苟地挑毛病，指导作者怎样修改小说。末了，他又说："我发表的每篇小说，都是李老师指导我改出来的。"有了，一句点醒梦中人，往后，我就赖上李老师了！

培训期间，主讲老师杨开永因创作的一部花鼓戏《家庭公安》一炮打响，上省晋京演出，大获好评，各级奖项拿得手软。我也深受鼓舞，根据《家庭公安》的模式，依葫芦画瓢地构思了一部《佩戴国徽的人》，梦想一炮走红。当我把构思讲给李老师听后，没想到李老师兜头泼给我一盆凉水，并点穿我说，一听就是模仿《家庭公安》，不行啊！你要写自己最熟悉、最有感悟的生活，千万不要吃别人嚼过的馍馍。

培训班结束后，我回到龙湾镇红石村一边务农一边勤奋写作，一心想着小说快些在《潜江文艺》发表，成为杨开永、潘庭芳一样风光的人物。我清楚地记得，两年里，我先后给李老师邮寄了《会议室内》《割芝麻那天》《祭嫂》三个短篇小说。李老师都及时亲笔回信，认真指出作品中的优点与不足，包括用错的标点符号，尤其是对《会议室内》的一段"烟雾缭绕，气氛紧张肃穆……"的场景描写，特别作了"描写细腻、生动、形象"的点评。

跟李老师最后一次通信是关于小说《祭嫂》的修改意见，李老师给写了足足有两页纸，末了嘱我改好后立即寄给他，准备在《潜江文艺》发表……"啊！我的小说终于要变成铅字啦！"谁知，盼星星，盼月亮，盼来的却是《潜江文艺》停刊。从此，全县的业余作者失去了发表文学作品的平台。正在我郁郁寡欢、耿耿于怀之时，我却收到了李老师寄给我的一纸获奖通知，告知我的小说《祭嫂》在全县文学艺术创作评奖活动中荣获二等奖，于某月某日前来报到领奖。我记得当时的奖励是一个获奖证书和二十元奖金。所有的获奖者姓名、作品题目、获奖等次，都分门别类地喷绘在一块镶了金边的"荣誉牌"上，"荣誉牌"悬挂在县政府对门——全县最热闹的电影院门口。我挤在围观的人群里，悄悄地向自己的姓名和作品题目行注目礼，真是别有一番滋味在心头。

在当天颁奖的晚宴上，李老师特地过来给我敬酒，一番祝贺后，李老师又鼓励我说，在所有的获奖者中，你是年龄最小的，有的是大把大把好时光，希望你多读书、多写作、多思考，以此为起点，早日冲出潜江，获得省级、国家级文学大奖。

后来，我才知道，是李老师将我这篇没有刊物发表的《祭嫂》，直接推荐给小说评委组的，以弥补作品未发表之遗憾。

就是这次小说获奖，文学的种子，深深地埋进了我心里。

1987年，年逾不惑的李老师调回老家沙市（荆州博物馆）工作。漫漫人生路，我们各自走着走着，就走散了，等想着去找对方时，三十五年转瞬即逝。三十五年啊，我由当年的一名文学青年，熬成了年逾半百的小老头……再回首，可谓沧海桑田，各人皆有"一把辛酸泪"……老实说，不管在困难中抑或难得少有的福中，时不时地，我都要在脑子里闪一闪李运棣老师，尽管只是一闪念，但心头会涌动久久的暖意。

2022年3月，我通过潘庭芳找到了李老师的下落，并通话加了微信，师生二人回忆当年的文学与人生，不禁感慨万千。

李运棣，1945年8月生，湖北荆州人。1966年毕业于华中师范学院中文系。曾任潜江县文化馆《潜江文艺》编辑，1990年起相继任沙市群艺馆副馆长、博物馆馆长、调研员。现退休在家，颐养天年。

《时代文学》编辑郭牧华

如果说，《潜江文艺》编辑李运棣是"拉"我跨越县级文学门槛的蒙师，那么，《时代文学》编辑郭牧华就是把我"扶"上省级文学刊物的伯乐。

1995 年，受市场经济冲击，我供职的湖北省潜江市物资局濒临解体，加之一些变故，本可到手的工作化作泡影，在当时内忧外患的困境中，我不得不开始重新规划人生，打量前程。几番痛定思痛后，我最终还是把文学当成了唯一的救命稻草。

那年 3 月，江汉平原正经受着倒春寒的煎熬，而我的内心，却春潮激荡，激情满怀地开启我的写作蜕变——由写作"豆腐块"散文转向小说创作。4 月初，我花了整整一个月时间创作的短篇小说《村丑》杀青，共一万两千字。小说标题《村丑》下面标注了"牛轭湾风情录"，由《抹丧》《号痴》两个短篇构成。在苦心酝酿"牛轭湾风情录"系列小说时，一开始我就有一个庞大的创作计划，换句话说，是野心。我要把我熟知、感悟的江汉风土人情，悉数写个遍、写个透，并列了一长串小说题目，如《哭嫁》《歇六月》《颠轿》《牛轭湾轶事》《打丧鼓》（后更名为《黑丧鼓》）……有短篇，有中篇，也有长篇，几乎囊括了我一辈子的写作。当然，这一"跨世纪"的宏伟规划能否付诸实施，都是建立在《村丑》"出来"的基础上。也就是说，我把一生的赌注，押在了"牛轭湾风情录"的开篇之作《村丑》上。

那时候，都是用笔写作。我把改了四稿的小说拿到个体打印店录入电脑，又将小说一式十份打印装订成册。然后，我直接来到邮局，把十份小说稿分别装在事先写好了邮编、详细地址的牛皮信封里，挂号分别寄给十家文学期刊。至今，我都清楚地记得当时的情形，我抱着一大摞信封，缓慢而又坚定地朝邮政局的绿色邮筒走去，心不由得怦怦直跳。我双手擎着信封两端，举过头顶，停顿，下滑，贴着胸口，轻抚……然后，"咚——"一声，信封和我的心，当然还有满满的希冀，一齐被扔进邮筒。如此这般的虔诚和仪式感，"逼"着我在投第十家杂志也就是最后一份文稿时，双手不禁打起了哆嗦。这时我的脑子闪过一个念头：要不要留存一份底稿呢？我把搁在邮筒口的信封下意识地抽回来，掂了掂，想，如果不投，说不准就是它呢——投了吧！又想，如果我这一次性"一稿多投"的十家杂志不鼓一个泡，那我就从此封笔，另谋职业，换一个活法。

啰嗦一句，因太想发表我的第一篇小说，不得不冒犯了文学期刊之大忌——一稿多投。

所投稿的文学期刊，有省内的，也有省外的，其中国家级期刊是《人民文学》，其他九家都是省级。

投出去一个月后，我几乎天天都去单位收发室，看有没有动静。有时等不及了，还跑到邮局"先睹为快"。一个月过去，又两个月过去……这种苦不堪言、自作自受的煎熬、折磨，无异于自残。眼看着就到了"三个月内未接到用稿通知，作者自行处理"的声明，我也没心情再去收发室翻找信件了。有一天，一封印有《时代文学》编辑部字样的信封，放在我办公桌上。我拿起一捏，很薄，小心翼翼地撕开，竟是一封用稿通知：

徐肇焕同志：

　　您的小说《村丑》已通过终审，将择期发表。因您寄的是打印稿，请不要再投他刊。

　　　　　　　　　　　　　　　　　《时代文学》编辑部郭牧华
　　　　　　　　　　　　　　　　　　　　　1995 年 8 月

我一向是个凡事较真的人。收到用稿通知，我自然高兴，可高兴之余，我未免有些失落，或者茫然，心想，一口气投了十家刊物，为什么单单被《时代文学》看中？而另外九家期刊却杳无音信呢？反过来说，素不相识的伯乐——郭牧华老师，究竟相中了《村丑》的哪一点？带着这样的疑问，我拨通了《时代文学》编辑部的电话，电话接通后，我直奔主题，问郭老师为什么选中我的小说，郭老师用一口山东味很浓的口音对我说，"你这篇小说的最大优点就是语言好。"最后又说，"我看中的就是你的语言好。"

"语言好。"我似乎释然，也释怀了。

1995年11月，我的小说处女作，也是"牛轭湾风情录"系列小说的开篇——《村丑》，在当年的《时代文学》第6期发表，也由此把我紧紧地"拴"在了文学这棵大树上，几十年如一日，不离不弃，心无旁骛也心甘情愿地终其一生。因《村丑》垫底，我信心倍增，开始实施我的"牛轭湾风情录"第二步——创作短篇《乡村人物》。我天真地认为，既然《村丑》能发出来，其他篇什也会跟着发出来的。

第二年，也就是1996年3月，邻县仙桃市的涂阳斌调任潜江市委常委、市委办公室主任，我俩因在当地的《荆州日报》《湖北日报》等报纸上经常读对方的作品而神交已久。有一天，潘庭芳带上我慕名前去涂阳斌办公室以文会友，当我自报姓名时，涂说："我正准备找你呢！"这句话大有相见恨晚、一见如故的味道。我和涂交往一年后，残酷的现实一个劲儿地把我往外推，逼我另谋生路。涂得知我准备南下广东时，他特地光临寒舍，还给我带了三条"红塔山"香烟，而我每次登门去找涂谈文学，他都嘱我"两条空袖子甩进门"……涂问我："非出去不可吗？"我顿了顿，说："还是出去为好。"唉唉，还是出去，一边打工谋生，一边写我的"牛轭湾风情录"系列小说吧。谁知，这条无数人拥挤的独木桥上，却荆棘丛生，暗流汹涌。

1998年，"牛轭湾风情录"系列小说之二《乡村人物》在《飞天》（责编梦里老师）发表后，竟有长达六年之久的"停摆"空白期。

前些年，我百度"郭牧华"，想找到他的联系方式，未果。后又向文友打听，说郭早已退休，也没有他的任何联系方式。

近三十年时光匆匆逝去。我一直在心里念着发表我小说处女作的郭牧华老师……我多想，多想有一天当面亲口对他说一声"谢谢"啊！

《长江文艺》编辑喻向午

2008 年 6 月初，也就是"5·12"汶川大地震刚刚过去不久，在四川南充打工的我，满脑子想的都是女儿。于是，我跟老板请假，专程赶回湖北，准备在 6 月 15 日那天给女儿过十五周岁生日。其间，我在汉口作短暂停留，湖北省电影家协会驻会副主席余述平接待我。老余见我一脸憔悴，问我过得怎样，我老实回答："内忧外患，过得很糟糕，打算离开那地方，但又没好的去处……"老余突然掐断我的话头，问我最近写作情况，我就从包里掏出一个小说打印稿递给他。老余翻了几页，说："这样，中午我请你吃饭，我把《长江文艺》的喻向午介绍给你，你俩认识一下。"我听了心不禁一沉，给《长江文艺》投过几次稿，除发表一篇散文《秋老虎》外，其他的连泡都没鼓一个。

饭桌上，我认识了向午：中等个头，年轻，精干，说话语速快，镜片后面不大的一双眼睛，透着随和、真诚的光。席间，我称他"喻老师"，并要起身给他敬酒。他一把按住我说，你刚从外地回来，应该是我先敬你。就这样，两个素不相识的男人举起酒杯，碰杯。那天，我喝高了，除了高兴，更多的是隐在心头的伤感，所谓的借酒浇愁吧。一杯酒下肚，喻老师就上脸了，话自然也多起来，但都是跟文学不沾边的话题。

酒足饭饱后，我返回省文联大楼老余办公室拿箱子，喻老师同乘一个电梯回四楼的《长江文艺》编辑部。直到这时我才想起我的那篇小说打印稿，就递给喻。喻说："我看完后跟你联系。"末了，他问我："你现在就回潜江的家吗？"我无颜回答，心说，我哪有家呀？好在四楼很快就到了，我和喻的第一次见面戛然而止。

6 月 15 日中午，在沙市一给女儿过完十五周岁生日，我便匆匆返回四川南充，没待上一个月，2008 年 7 月 14 日，命运又把我扔到了更为偏远、陌生的攀枝花。直到现在我都在思考一个问题，来攀枝花，与其说是命运的安排，倒不如说是文学的召唤。我作为攀枝花历史以来引进的唯一一名外省签约作家，除了业余时间完成市文联与我签订的创作任务外，还要完成《攀枝花文学》双月刊的文学编辑工作及攀枝花文学院的其他工作。初来乍到，我边休整边熟悉编辑业务，个人创作基本处于休止状态。有一天，我突然接到一个区号为武汉的座机办公电话，一听声音，就知道是喻老师。他告诉我，小说《哭嫁》已通过终审，嘱我赶紧把电子文稿发到他邮箱，就挂了电话。可我依然是接听电话状，愣在创作《哭嫁》的过往中，半天出不来。早在多年前，我创作了一组描写江汉平原风土人情的乡土散文，打头的就是《哭嫁》，不到两千字，曾先后在《潜江日报》《农民日报》《乡土》等报刊发表过。转型写小说后，我又琢磨起《潜江文艺》编辑李运棣老师对我的谆谆教诲："写你最熟悉的生活。"于是，我开始回过头来咀嚼反刍以前发表的一些千字散文，觉得越嚼越有味，越嚼越觉得差点什么，这么好的素材，只写成千把字的散文，太亏了……呀！我何如不把它写成一个万字短篇小说呢？当然，我清楚，把散文"扩"成短篇小说，绝不是技术层面上的简单操作、文体的转换和字数的扩充，而是整个文本肌理与艺术审美的超拔与蝶变……没想到，初次尝试竟获得成功。

很快，短篇小说《哭嫁》在《长江文艺》2008 年第 9 期发表。我几乎停摆的创作，一下子又被激活起来。接着，我又如法炮制，把发表在《青海湖》的散文《歇六月》蝶变为同题短篇小说《歇六月》，存放在电脑里。时间很快到了 2009 年 8 月下旬的某一天午饭口，我突然接到喻老师打来的电话，听得出电话那端有些吵，他说："我跟老余几个吃饭，正表扬你哩——祝贺你的中篇小说《芦花白，芦花飞》登上《小说选刊》！"挂断电话之前，他又着重强调了一句："召唤（我的笔名）哪！

你太不容易了！"这句话，一直暖着我的心。

2009年年底，我觉得改了四稿的短篇小说《歇六月》可以出手了，直接投给了喻老师的私人邮箱，就不管了。待我忘了这事时，《歇六月》又在《长江文艺》2010年第4期发表了。

接着，我的创作发生了一件大事——我的《黑丧鼓》被列入"湖北长篇小说重点扶持计划"。也就是说，自2011年3月至2014年5月，我每年都要被湖北省作协召回武汉汇报长篇创作进展情况。其间，喻老师都要抽空来看我，帮我解压打气。有一次，他对我说："你写长篇千万不要把中短篇丢了，文坛很残酷，几年不在文学期刊上发作品，很快就会把你彻底忘掉。"喻的一席话说得我后背直冒冷汗，不得不逼着我在创作长篇间隙每年都写三两个中短篇。不久，我把新写的《滩地》投给喻，他很快编发在2011年《长江文艺》第5期"短篇小说"头题。

2015年3月，喻向午由编辑部主任升为副主编，他随湖北作家一行来成都与四川作家开展文学交流，我作为四川作家的一员与会，有幸同喻见面。也就是那一年，我的短篇小说《丁村的歇后语》在《长江文艺》第4期"四川小说专号"发表，责任编辑自然是喻向午。

这些年，我虽没在《长江文艺》发表作品，没同喻向午见过面，甚至没他的微信，但丝毫不影响我对他深深的深深的，感念。

《红岩》编辑欧阳斌

2005年12月31日，我决定单枪匹马闯荡中国最年轻的直辖市——重庆。八年前，我曾南下汕头打工，背着一个完整而温馨的家；命运真是捉弄人，八年后，我却成了一人吃饱全家不饿的光棍汉。

说来连我本人都不敢信，当年因文学把家丢了的我，居然想着的是"哪里跌倒哪里爬起"，扛上那台老式电脑和伤痕累累的文学梦，坐上了开往重庆的火车。到达重庆菜园坝火车站时，迎接我的是 2006 年元旦新年的第一缕曙光。

那时候，我的要求不高。首先是能活下来就好，其次是保证女儿每学期的学费和每个月的生活费，剩下的，就是不遗余力地去圆我残缺的文学梦。由于要求低，我很快就在大坪十字路口的一家巴江水火锅店找到了工作。包吃包住，600 元。工种是保安。由我和安徽的一个大学生轮流值班。白班指挥停车、倒车，夜班守护火锅店的物资及安全。每天一下班，我就躲在老板提供的集体宿舍里写作。除了上班和必要的睡觉外，其他时间我都用在了写作上。平时，我都是悄没声地独来独往，火锅店的所有员工自然不知道我怀揣野心——攻破中国西部最有影响力的大型文学双月刊《红岩》。对，是最有影响力，不是最有影响力之一。我清楚，当年还是一份地级文学季刊的《红岩》杂志，在 1979 年第 2 期头条位置一次性刊登了四川作家周克芹的长篇小说《许茂和他的女儿们》，小说发表后，立即在全国文坛引起热烈反响和广泛瞩目。1981 年 12 月，《许茂和他的女儿们》在首届茅盾文学奖评选中，荣登榜首，作者周克芹名满天下。二十多万字的《许茂和他的女儿们》能在《红岩》首次公开发表，虽与我没有一个字的关系，但对《红岩》的"敬仰、敬畏、敬重"，早就埋在了我心中。老实说，我之所以选择重庆，就是冲着《红岩》来的。我一定要让小说登上心仪已久的《红岩》杂志。于是，我在书摊上买了几期《红岩》杂志，从头到尾、从尾到头地反复研读，直到对《红岩》的风格有所了解后，我才决定给《红岩》投稿。可是，稿子投给谁呢？我又打开《红岩》杂志，在每篇小说文末的责任编辑一栏里，随便蒙了一个"欧阳斌"。

我把在老家就写好的短篇二题《狗事》《打赌》的打印稿，寄给了素未谋面的欧阳斌老师后，很快就到了春节。宿舍里的工友们都一个一个地回家与亲人团聚过年去了，唯独留下无家可归的我独守空房。大年三十那天，我独自一人来到菜园坝火车站，空荡荡的候车厅里，只有几个跟我一样的落魄者。我在冷清清的大厅待了整整一宿，陪伴我的是最新的一本《红岩》杂志。

两个月后，我接到欧阳斌老师打来的电话："小说二题留用，择期发表。"这一天大的喜讯，于我无疑是一次再生。是的，我生来就是为文学而活的。5月中旬，欧阳斌老师通知我到编辑部去拿样刊——2006年第3期《红岩》。我拿到杂志，竟忘了第一时间向面前的老师道谢，而是迫不及待地打开目录，快速搜寻到我的笔名"召唤"及"短篇二题"字样后，还不敢确认，又赶紧翻到内页，直至从头到尾把《狗事》《打赌》一页一页翻完，才长出一口气，起身，向欧阳老师致谢。欧阳老师礼貌地站起身，我这才发现，他那需仰视才看清面容的伟岸身躯，往我这矮个子面前一站，多么像一棵护佑我的参天大树啊！

很快，就到了重庆的"火炉"天。那年夏天，重庆遭遇百年未遇的大旱。因有《红岩》两个短篇打气，我的自信心陡然大增，分秒必争地写啊写。就是那种极其残酷的大热天，我也不轻易放过。我穿一条裤衩，赤膊上阵，右手腕缠一条毛巾，以便挡住流淌不止的汗水打湿稿纸，用圆珠笔写完一部三万字的中篇初稿。然后，又把初稿一字一字输入电脑。从手写初稿到输入电脑，其间两个月"蒸桑拿"般的写作，让我懂得了浴火重生的真正含义。

2006年9月底，我的"重庆梦"突然破灭，庆幸的是，有"《红岩》梦"一直支撑着我。这年的国庆节后，我辗转到四川南充一个名叫西充县的县城从事物业管理工作。离开重庆前夕，我把从"火炉"里淬炼出的心血之作《绕来绕去的雾》的打印稿，面呈欧阳老师，并同他匆匆作别。11月底，欧阳老师电话通知我把小说电子稿传给他，并就文中出现的"朝天门码头""解放碑""瓷器口""肖家湾""大坪""皇冠大扶梯"等真实地名和名称，进行了"要不要用真名"的探讨，最后达成"还是用真名为好"的共识。

　　2007年，我的第二部中篇《绕来绕去的雾》在《红岩》第1期小说栏目头条发表，并获得重庆市文学期刊优秀作品二等奖；直到两年后短篇小说《祥子的夜晚》在《红岩》2009年第6期发表，因种种原因，我与《红岩》出现了十三年的空白期。

　　2021年，我开始创作"黑山羊"系列短篇，我把开篇《羊在山上叫唤》发到欧阳斌邮箱，没承想，仅仅一个月，就在《红岩》2022年第1期发表。我与《红岩》还有欧阳斌老师"失联"多年后，又因小说接续起来了。

《朔方》编辑火会亮

　　"碎姐想，这一回，一定得把这事说给她两个听。这样想着的时候，一丝温煦的山风柔曼地撩动了一下她鬓边的一绺头发。她轻轻地把那绺头发拾到耳朵背后。山洼里很静，没有鸟声，杏黄的日影铺在淡绿色丝丝缕缕的山坡上，斜斜的台田上像有一阵一阵的暖气呼上来。几只甲虫，一群蚂蚁，三四片不甚洁白的云朵。"

　　这是短篇小说《风中絮语》的开头。一百三十来个字，简洁，沉郁，凄美，可谓字字珠玑，韵味十足，透着别致的灵动与温情。就是这样一个开头，一下子将我抓住，逼我赶紧读下文，可是，我却偏偏舍不得往下读，觉得一字一句甚至标点符号，都值得我慢下来，慢下来细细地咀嚼、玩味。

　　这是2008年7月的一天，我打开最新出版的《小说月报》第7期，跟往回一样，从最后一篇小说读起——这是我多年阅读《小说选刊》《小说月报》保持的习惯——从尾读到头。我以为，排在头条或者前面的小说，要么出自名家、大家，要么出自名刊、大刊；而往往排在最后或者靠后的作品，大多是无名之辈发表在偏远地区不太引人注目的无名刊物上，我想，无名之辈无名之刊发表的作品，能上这两家权威选刊，一定有他有别于名家大刊的过人之处。就是抱着这种心理，我不经意地"撞上"了《风中絮语》。慢慢研读完全文后，我才看作者简介：火会亮，男，汉族，1966年生于宁夏西吉县，1989年毕业于宁夏大学中文系。毕业后曾在西吉兴隆中学任教，1994年年底调固原日报，2007年4月调宁夏文联《朔方》杂志社任小说编辑。部分作品被《小说选刊》《小说月报》等选载。看完简介，我就萌生了给作者写信的念头。信的内容大致三个方面：首先是把我对《风中絮语》满心的喜欢和深切感悟说道了一番；其次是以《攀枝花文学》小说编辑的名义向他约稿；最后是寄上我的短篇小说《莲儿》打印稿，敬请指教。

大约一个月后，我收到了火会亮的回信及小说稿。又过了两个月，收到用稿通知。第一次给《朔方》投稿就命中，真是我的幸运。2009年3月，短篇小说《莲儿》顺利在《朔方》第3期发表。从此，开启了我在《朔方》一发不可收的美好历程。那段时期，我刚被攀枝花文学院聘为签约作家不久，也正是我需要用作品说话、用力作证明自己的时候。"发表欲"前所未有的强烈。4月初，也就是载有短篇小说《莲儿》第3期《朔方》样刊才收到，我就斗胆给火会亮打了一个电话，问可不可以再投给他一篇小说。火答复我说，我们刊物一年之内一般只发作者一篇稿子（其实，我何尝不知，全国所有的文学期刊都是如此）。接着火又说，除非稿子特别好，同一个作者才可发两篇。我心头打起鼓来，这个小说有一家杂志过了二审，终审时给毙了，还有一家杂志杳无音讯……可嘴上却说："火老师，这小说我也不知到底好不好，要不先发你看看吧。""五一"小长假一过，我又铆起胆子打通火的手机，问发给他邮箱的稿子收到没有（这是我平生头一回犯"不打听、不催促"之大忌，心头未免惴惴不安）。谁知我做梦都没想到，火用他那浓重的西北口音对我说："召唤，小说好着呢！我都编好了，看是第 7 期，（还是）第 8 期发。"

7 月初，我用稿费第一次"开荤"体验坐飞机，飞了一趟没有家的老家。我清楚地记得，就在我 7 月 11 日返回成都火车站，几乎是刚一下车，就接到火的电话，告知我首发在《朔方》第 7 期的中篇小说《芦花白，芦花飞》已被《小说选刊》选中，要我赶紧与《小说选刊》的责编鲁太光联系，上报一百五十个字以内的作者简介……"你说什么？火老师……"我脑子一片糨糊，又似乎清醒着，"不会吧，火老师，杂志不是都还没出刊吗？"火老师在电话里朗声一笑，说："杂志是还没有出刊，但我们是先发的电子版给《小说选刊》的，赶紧的，你现在就给鲁太光老师联系吧！"挂掉电话，我立马按火提供的手机号给鲁太光打电话求证："是不是真的？"鲁说："是真的，你快把作者简介写好发我手机上。"

8 月份，《芦花白，芦花飞》又被《中华文学选刊》第 8 期转载。"一炮双响"成为我小说创作的一个高峰。

接着，我首发《朔方》的短篇小说《半个月亮》《青枝绿叶》《葵花，葵花》先后入选《小说选刊》"佳作搜索"栏目；其中，《半个月亮》被 2011 年《中华文学选刊》第 1 期转载。

作品跟人一样，是有命的。那么，作者与编辑，自然也有命定的缘分。我与火会亮神交这些年，居然从未谋面。火由《朔方》一名普通编辑成长为执行主编，地位变了，可我们纯粹高洁的友情依旧没变。写作三十多年，我在无以计数的文学报刊发表文学作品逾二百万字，而在《朔方》发表的中短篇小说，足可集结出版一部小说集。

不得不说，火会亮是我的贵人，他一直像一团"火"，永远在我心头"亮"着；《朔方》是我的福地，也是我至今发表小说最多、反响最大的一本纯文学刊物。

《北京文学》编辑师力斌

与师力斌老师相识，纯属巧合，准确地说，是自然投稿促成的缘分。

那些年，我一直自费订阅或到书摊上购买《北京文学·精彩阅读》杂志，除了研读里面发表的每一篇作品外，我还悄悄隐藏着一个秘密：给《北京文学》投稿。一直以来，《北京文学》只接受纸质投稿，这样就把那些投机取巧嫌麻烦、鼠标一点海量投稿的"拦"在了门外。

早在2004年，我曾给《北京文学》的白连春投过一个短篇，终审被拿下，接着我不死心，又投了一组八千字的散文《乡村漫记》，由《田埂》《草垛》《犁地》组成，终审通过后竟"排队"三年才在《北京文学·精彩阅读》2008年第8、9期合刊上发表。可想而知，上《北京文学》比上天都难。往后，我不再敢轻易"打扰"白老师。就在这时候，《北京文学》开始每半年在杂志扉页右下角印有一个三角形的"北京文学"标志，凡在信封右上角贴上此标志的稿件，编辑部每稿必复。于是我如法炮制给《北京文学》编辑部寄去一个短篇。一个月后，我便接到一个为北京区号的办公电话，男中音，标准的普通话，说他是《北京文学》的编辑，收到了我投来的小说，写得不错，已送终审。就在我说完"谢谢"要挂电话的一刹那，我追加了一句："请问老师尊姓大名？""我叫师力斌。""师老师，可留一下您的手机号吗？""没问题。你记一下。"大约过了两个月，我给师老师打电话打听稿子情况。师老师安慰我说："对不起，稿子没过终审，我们报喜不报忧——还没来得及给你说，你另投他刊吧！"

记得这是2012年的事。差不多一年时间，我知趣地不再打扰师力斌老师，包括年节发短信问候也免了。2013年年底，我主编《金色校园》杂志，"校园生活"栏目急需一篇反映大学校园生活的稿子。一次偶然的机会，我打开电脑，发现师力斌老师挂在博客上的一篇散文《我在北大的修炼》，真是踏破铁鞋无觅处，得来全不费工夫啊！我立即给师打电话征求意见，最终在我的恳请下，求得这篇给刊物增色不少的散文。后来，我又做《攀枝花文艺界》的执行主编，每期封二上，都得有一幅本土摄影家拍摄的照片，以"诗配画"的形式发表。"画"不是问题，可"诗"却难倒了我这个等米下锅的"巧妇"。情急之下，我突然想到集评论、诗人、编辑、书法于一身的师力斌，希望他在万忙之中伸出援手帮一把。每次我把照片发出去后，师都是一挥而就把限定的"十行诗"发给我。这样一来二往的，我们渐渐地就熟悉起来。

2014 年 5 月，我的长篇小说《黑丧鼓》列入"湖北长篇小说重点扶持计划丛书"正式出版，我寄去一本请师指正。不久，就收到师的短信："大作收阅，待有空给你写个评论。"看到这条短信，我首先是欣喜、激动，接着是心头打鼓，这样重量级的人物，难道真会主动给一个名不见经传的作者的小说写评论？这么想着时，突然有一天我真收到了师老师近三千字的评论《汉字砌就的鼓文化博物馆》，不妨摘录几个小片断：

《黑丧鼓》是本真意义上的黄钟大吕，让我听到了江汉平原鼓歌的洪音，绵绵不绝的血脉传承，鼓与人灵魂的血肉联系，以及近百年历史中鼓音的起伏扬抑。《黑丧鼓》是民间文化能量的一次集中爆发，它所负载的高度密集的、生机勃勃的民间符号非常罕见，是鼓文化的集大成写作。鼓在这部小说中成为超越性的存在，具有图腾的意味，它既关乎百姓的生老病死、婚丧嫁娶，有形而下的质地，又蕴含极为丰富的文化精神价值，不乏形而上的品格。鼓的文化内涵推到了极致。鼓成为一种道。

小说以龙、马两个家族近百年的历史变迁和矛盾冲突为主线，以鼓艺传承演变为内核，讲述江汉平原农村几代人的生活情状与关系纠葛……小说将江汉平原特有的鼓歌艺术活脱脱复原了，等于用汉字砌就了一座鼓文化博物馆，功不可没。在近年来我读过的长篇之中，《黑丧鼓》面目特出，独具魅力。

……讲究炼字，形象传神。如写跑暴雨的一段："别篓提着马灯刚一出门，就踩上了一地狗吠。灯罩破了一个洞，风跟狗吠灌进来，火舌子款款地闪。别篓伸出一只手掌，罩着马灯，伛偻着身子朝蛇渠走去。路上却没有一丝雨迹。……别篓打住步子，把马灯往高处一掌，银亮的雨箭子齐刷刷地射向蛇渠。别篓把灯芯拧大了一些，光晕直往亮里膨胀。雨戛然而止，光晕聚在水面上，成了一块又圆又黄的大煎饼，溢着一汪幽亮的酥香。"

这样的段落在小说比比皆是，显示了作家对语言艺术的追求和修炼，更增加了这座鼓艺术博物馆细部的颜值……

作为《黑丧鼓》的作者，看得出来，师老师认真仔细地通读了我的小说，有些地方，还重点做了记录或记号。我不由得为师老师对偏远山区作者的无私关爱与提携，深深地感动着。这篇出自大手笔的评论，后来分别在《文艺报》《四川日报》上发表，也是我的小说头一回在重要媒体亮相"评论"。按文坛潜规则，像师老师这样重量级人物写的评论是有价码的。可是，无论我给多高的"润笔费"，都觉得是对师老师的亵渎，甚至伤害。所以，至今我都没有也不敢提那个俗气的字眼。

转眼就到了 2015 年 7 月，我把酝酿了几年才写成的一篇八千字的散文《痛着的血亲》发到了师的邮箱，十多天就接到师的电话："稿子我看了，写得很扎实，但需要修改。尤其是要在艺术性上加以强化。"经过两个月的沉淀与思考，我将改定稿发出去后就没管了。

2016 年 3 月 14 日，是我刚到鲁迅文学院第 29 届中青年作家高研班学习报到的第一天，就意外地收到师给我发的短信："散文《痛着的血亲》通过终审。"我赶紧短信回复"感谢"的同时，顺带告知师我在北京上鲁院。不久，山西同学李心丽打我电话，说她跟师老师约好去《北京文学》编辑部见面（这才得知他们是山西老乡），师嘱李带我一起去见面。听后我很感动，说明师有心，把我上鲁院的事记在了心里。就是这次，我才见到架着一副眼镜、清瘦、儒雅、斯文、健谈，一直心存感激的师力斌老师。午饭时，我和李要请师吃饭，师一口谢绝，他说："你们大老远来一趟北京不容易，午饭我请你们一起吃食堂。"

四个月的鲁院学习结束后，我又主动到攀枝花所辖的省级贫困村青山村驻村，一干就是三年多。这些年，我不敢轻易向师老师投稿，主要是对他以及他供职的《北京文学》心存敬畏，不敢造次。

更令我感动的是，2020年8月，为激励青山村百姓"向上""向善""向美"，由我主持策划、评选出了五位"青山好榜样"，将他们的先进事迹及手捧奖杯、胸戴大红花的照片，镶嵌在村委会大门口的宣传橱窗里。可是，由谁来题写"青山好榜样"五个大字又成了一个难题。这时我又想到了远在北京写得一手好字的师老师，并向他求援墨宝。几天后，师要我加他微信，就用原图把五个遒劲有力、俊美飘逸的"青山好榜样"发到我微信上。这次，我理直气壮、公事公办地提及"润笔费"的事，竟被师一口回绝："要什么钱哪！能为你驻村的贫困村做点事，是我的荣幸。"

如今，"青山好榜样"这五个熠熠生辉的大字，正在青山村的乡村振兴中发挥作用呢。

附　录

从叩响《黑丧鼓》到书写乡村振兴

——答《四川作家报》

2021年12月，在四川省文学扶贫"万千百十"活动总结大会暨乡村振兴主题创作活动启动仪式上，来自攀枝花的作家徐肇焕（召唤），被评为四川省文学扶贫"万千百十"活动先进个人。会后，本报记者彭飞龙（以下简称彭）对徐肇焕（以下简称徐）进行了采访。

彭：首先祝贺你获得四川省文学扶贫"万千百十"活动先进个人。我注意到，在受表彰的三十七名优秀作家中，你是唯一一位下沉到脱贫攻坚第一线驻村扶贫的作家。在三年多的时间里，你是如何做到"驻村扶贫"与"文学扶贫"两手抓、两不误的？

徐：谢谢！三年前，准确地说是从2018年5月至2021年6月，我走出了单位专门为我提供的"宣传文化领军人才"工作室，主动到米易县湾丘彝族乡青山村驻村扶贫，一干就是三年。青山，是一个典型的"开门见山，推窗见岩"的省级深度贫困彝族村。"青山是个小地方，百年彝寨藏深山；青山是个穷地方，洋芋苞谷当主粮；青山却是好地方，绿水青山好风光。"这首流传百年的民谣，真实地道出了青山与生俱来的"穷"和浑然天成的"美"。我就是在这种强烈的现实反差中，与90后第一书记向往，在青山村同吃、同住、同工作。青山贫穷的根子说到底是观念，为根除这一顽疾，我先后主持策划了"文学艺术进青山""青山好榜样""小手拉大手"等扶贫主题活动，从扶贫先扶智的精神层面，提振了广大村民脱贫致富的信念。

当然，我始终没忘记自己是一位作家。工作之余，我潜心创作的"文学扶贫"题材，如中篇小说《牛轭湾》、报告文学《青山是个好地方》《向往青山》，先后在《四川文学》《人民日报》《朔方》等报刊发表。2021年7月回原单位后，我又围绕乡村振兴主题，一方面创作"黑山羊"系列短篇小说，其中首篇《羊在山上叫唤》，在《红岩》2022年第1期发表；一方面把自己积淀的驻村扶贫经验和体悟，置于"乡村振兴"这一审美范畴，创作散文集《麦浪漾起的村庄》。

彭：无论"黑山羊"短篇系列，还是散文集《麦浪漾起的村庄》，一听标题，就是接地气、有诗意的乡村题材。是什么触动你要用这两种不同的文学样式，重新开启你的"乡村叙事"呢？

徐：乡村，原本是我的精神原乡，加之三年驻村工作的生活积累、沉淀、过滤，书写乡村、观照乡村，于我，是自然而然也是水到渠成的事。当然，创作时我无时无刻不警醒自己，切忌主题先行，规避随大流的惯性写作模式，力求在人性、灵性、神性与生命的维度，尽可能地呈现出一个"不一样"的乡村。

彭：你所说的"人性、灵性、神性与生命的维度"，不由得想起你的长篇小说《黑丧鼓》。记得七年前，也就是2015年11月27日，备受关注的第八届四川文学奖揭晓。作为含金量最高的长篇小说奖，你不仅凭借《黑丧鼓》获此殊荣，还代表获奖作家作了精彩发言。你代入感极强的发言，感染并打动了在场的每一位作家诗人，大家无不为你对文学的执着和对文学的独特见解，而感动、喝彩。特别是你把文学创作比作像火车穿越隧道的表述，令人动容，你说："我的每一次写作，如同我这次从攀枝花到成都乘坐的那列绿皮慢火车一样，大多数时间都是在穿越没有指向的一个又一个隧道，仿佛在一个未知的，但又是充满了无限诱惑和想象的世界里漫漫穿行。然而，那长长延伸的铁轨，那隆隆作响的轰鸣，那飞速行进的火车，那掠过闪现的亮光和晃动的风景，总会让我怦然心动地感到文学的温暖，抵达下一个永远没有终点却有 　 的下一站。"

徐：谢谢你还能记住我当时的发言。接到要我代表四川文学奖获奖作家发言的通知时，除了意外，更多的是诚惶诚恐。在离颁奖只有不到一天的时间里，我为发言打腹稿时，满脑子都是我跟文学较劲儿的一些事，尤其是在写《黑丧鼓》的那些年里的痛苦、挣扎、无奈和不甘……"文学，是一项寂寞而清苦的事业。更多时候，是作家自己在跟自己撕扯、搏斗！在我看来，真正意义上的写作，就是抽空灵魂的写作；有担当的文学书写，就是需要作家用定力、毅力、心力乃至神力去合力完成的大涅槃！"这是我当时的发言，没有"高大上"，都是一些真情流露的大实话，却戳中了人们的泪点。

彭：从百度上搜索，你的《黑丧鼓》是经过五轮选拔，从近三百个选题中过五关斩六将，最终脱颖而出的十部"湖北长篇小说重点扶持计划丛书"亮相文坛的，被喻为杀出的一匹黑马。2015 年，你的《黑丧鼓》可谓双喜临门，先是经专家投票选定（共三部长篇），代表四川省作家协会入围参评第九届茅盾文学奖，紧接着又获得第八届"四川文学奖"。你当时身在四川攀枝花，请问《黑丧鼓》是如何进入湖北长篇小说重点扶持项目的？

徐：那是 2010 年 7 月，那期间我过得很糟糕，完全可用"煎熬"或者"挣扎"来概括。我把自己极其潦草地安顿在离攀枝花市区很远的一座叫公山湾不足八平方米的出租房里，除了跟水深火热的生活"硬扛"外，还要自寻烦恼地跟文学"死拼"。一种内忧外患、不堪重负的境遇，把我逼到了一个极其悲催的悬崖上。人，往往被逼到绝境，无非就两个字，要么干脆利落地"死"，要么昂首挺胸地"活"。而我，偏偏天性就是屋檐底下不低头，换句话说，只活骨头不活肉身的那种。也就是在这种心境中，某一天，我有意无意地点开了湖北作家网，一条面向全国湖北籍作者征集"湖北重大题材长篇小说选题"的启事，一下点醒了我，也点亮了藏匿我心头多年的《黑丧鼓》。老实说，十年前，或许更早些，《黑丧鼓》这个标题，就从我脑海，不，应该说是从我的灵魂"冒"出来后，一直就不依不饶、不离不弃地缠住我，缠得我对《黑丧鼓》有了一种不可言说的神乎其神的感应。文学直觉告诉我，这不光是个好标题，更是个好题材。正因为非常好，以至于我不敢轻易去碰触，只好把它注入我的生命乃至灵魂，让其幻化为一个美好的梦，生怕一碰，梦，就醒了……然而，这则启事的横空出世，冥冥之中我感觉，在人生所有的大门都对我关闭时，上帝为我开了一扇天窗。我暗暗告诉自己：机会来了！

彭：真是印证了那句话：机会总是留给有准备的人。能具体谈谈"竞标"过程吗？

徐：看到"招标"启事时，离截稿只有一个星期了。面对杵齐鼻尖尖的时间节点，真有些急火攻心。好在我对这个题材烂熟于心。我按要求将五千字的"竞标"大纲投到指定邮箱后，就不管了。最后揭盖子，我真没想到有近三百人参与竞标海选，其中不乏名家。一轮、二轮过后，我进入前三十名，湖北作协通知我去武汉参加答辩会，也就是竞争二十名的扶持计划名额。面对於可训等五位著名文学评论家组成的专家评审组，我怯得不行。或许是这个题材早已融入我的生命，在"自我陈述"的十分钟里，我渐入佳境，居然旁若无人地清唱起了那首超度亡父的《恓惶记》：有父在，有世界，门前的杨柳是父栽；无父在，无世界，门前的杨柳东倒西歪；有父在，有世界，亲戚朋友通往来；无父在，无世界，亲戚朋友两丢开……二十分钟的答辩完成后，走出会场，我整个人虚脱了。

两天后，公布答辩遴选结果，我终于闯进二十名重点扶持之列，随后与湖北作协签约，协议明文规定：三年签约期满，再由专家评委从二十部长篇小说中投票评选出十部公开出版。也就是说，如果作品最终不进入前十名，三年的努力就打水漂了。至今想起，都觉得很残酷，还心有余悸。

彭：听你讲竞标过程，火药味挺浓的。捧着《黑丧鼓》，是那么厚重、博大，具有包容"天""地""人"的大气象；品读《黑丧鼓》，是那么的诗意、唯美，弥漫着生死轮回的神性。这是我"读"《黑丧鼓》的真实感受。都说，一部作品，跟人一样，都有她的宿命，那么《黑丧鼓》于你，是否命中注定的？

徐：说命中注定，一点不为过。命里同《黑丧鼓》结缘，这跟我的出生和身世有关。我的出生地是楚文化的发祥地——江汉平原。楚地多巫师。当年的屈原说白了就是一名巫师，还有历史上传说的"庄子丧妻，鼓盆而歌"，遗风相传，衍变成今天盛行的打丧鼓仪式。而江汉平原又是个"鼓窝子"，打丧鼓的人很多，鼓师们借助通天接地的鼓声，传承孝道，礼仪生命，超度亡灵，慰藉后人。而我的父亲，就是荆楚一带很有名气的丧鼓师，80年代中期，父亲曾被一辆吉普车接到荆州古城打丧鼓——这是他鼓师生涯中最辉煌的一次。当然，"文革"期间，他又被作为"牛鬼蛇神"打入冷宫，这些有关丧鼓及鼓师命运的沉浮，都写进了小说。2006年，"打丧鼓"被列入首批国家级非物质文化遗产保护项目，这就注定它不仅只关乎表象的生命、死亡、孝道、风俗，而是关乎厚重的楚文化底蕴和人文精神内核。在酝酿或是创作过程中，我都有意无意地贴着人性、灵性、神性三个维度，来描写一草一木，一人一物，哪怕一棵树，一条蛇，一缕风，一滴水，就连三两蛙鸣，一记鼓声，也是有生命和灵魂的。

彭：龙马湾、放鹰台、返湾湖、牛轭湾、鸭母坑、东荆河……一串串带着水乡气息的地名，构成了你的小说地图，也构筑了你"邮票般大小"的精神领地。这张地图的来源，正是埋着你"脐罐子"的故乡——徐家台。《黑丧鼓》最触动你的是什么？或者你为什么要写《黑丧鼓》？

徐：小时候，我常常看见父亲要么枯坐在门槛上打瞌睡，要么倚在草垛根晒太阳，两眼微闭，十指却有节奏地叩着膝盖，这个怪异的举动直到后来我才明白，他是在"眠鼓"。偶尔，会有一个五大三粗的男人，腰上系着草要子，一脸悲戚地走向父亲，然后"咚"的一声双膝跪下，久久不起。那时我就想，平日里父亲就是一介卑微低贱的农民，怎么会有人高马大的堂堂男人给他下跪呢？后来母亲对我说，男人膝下有黄金呢！谁肯给谁下跪，那些下跪的是"孝子"，是来请你老子给他"老了"的父亲或母亲去打丧鼓呢！就是这一"跪"，"大孝"尽显，"大道"横空，令我永生难忘！

彭：你是何时开始动笔写下第一个字的？

徐：与湖北作协签约后，我没有立即返回攀枝花，而是回到出生地潜江市龙湾镇采访了父亲的一些徒子徒孙，然后，又重读了《尘埃落定》《白鹿原》《马桥词典》等经典作品。休整一段时间后，直到 2011 年 4 月 1 日才开始写下这部长篇的第一个字：天（第一部）。有"创作手记"作证：

> 2011 年 4 月 1 日，星期五，晴。今天是一个极其平凡的日子，跟往常没有什么不同。如果硬要说有什么区别的话，那只能说是 4 月的头一天。这一天，我终于憋不住了，或者说，时间再也不能容忍我无限度地"拖"下去了。我不得不紧张而又从容地开始《黑丧鼓》的写作……

因为是头一回写长篇，其间的难度可想而知。不怕你笑话，就是这个"天"字，我整整写了半年，开头写到四万字后又全部推倒重来。半年后，我又开始写第二个字：地（第二部）。这个"地"字，写得我好苦。由于用力过猛，我终于大病一场。原本就有长篇在耗我的心智，突袭的伤寒又来摧垮我的身体，无望、无奈、无助把我折磨得透不过气来。那些日子，我只能躺在出租房里，用意念去"写"；那些日子，我才知道，写作长篇是需要体力的——"写长篇苦不堪言。写长篇痛不欲生。""《黑丧鼓》，把我的灵魂抽空了。"这些都是"《黑丧鼓》创作手记"里留下的真实心迹。

彭：毋庸置疑，《黑丧鼓》是荆楚大地上长出的一株巫草，虽没有参天大树起眼，却摇曳着一簑烟雨，几许鼓声，脉脉风情，其固有的特质、品相和风骨，正如著名作家罗伟章评价：《黑丧鼓》，一种立志存档的写作；著名评论家、华中科技大学教授李俊国在"跋"中也说：召唤（徐肇焕）超拔地聚焦于"天""地""神""人"的叙事节点和意义空间，凭着对故乡的挚爱情怀与潜沉体悟，凭着诗性而痴狂的生命气质，书写了这部"不一样"的长篇小说。你怎样理解"不一样"？

徐：我以为，"不一样"，不是故弄玄虚，哗众取宠，而是沉醉在故乡的痴情中，用生命和着泥土的气息，质感地书写内心深处的故乡和痛；"不一样"，应该是有别于他人的禀赋，用只有属于自己的艺术指纹，不受任何污染地去洞开另一片与别人"不一样"的艺术空间。

彭：《黑丧鼓》相继入围第九届茅盾文学奖、荣获第八届四川文学奖，这份荣誉对你来说意味着什么？

徐：意味着我的灵魂随着黑色的鼓声，在我的精神原乡涅槃了一回……

彭：听你这样说，《黑丧鼓》不但是你灵魂出窍之作，也是你的生命之重，写它时痛苦并幸福着，写完后又有几许伤感，仿佛爱女出嫁父伤怀。

徐：真说到了我心坎上。现在，我还非常怀念写《黑丧鼓》的那些日子，整天跟心爱的"女儿"待在出租房里，尽管日子过得很苦甚至很不体面，但"父女"俩相依为命，看着"女儿"一天天长大，心头自然感到苦中有乐。偶尔，我会随手翻翻"创作手记"，开始写《黑丧鼓》的那天，我就定下了写"创作手记"的计划，把每天的创作心迹照实录下来："2011 年 6 月 6 日，星期一，晴。天气到了高温。今天是传统意义上的端午节。想女儿，发了短信，一直未回。郁闷极了，不知女儿为何如此对我冷漠。院子里那些民工一个也不见了，看来一定是回家跟家人过端午节了。昨日给自己放了一天假，今天再不能休息了，得接着写《黑丧鼓》。《黑丧鼓》一天不写完，我就一天不会清闲。命中注定，这是我跟《黑丧鼓》都躲不过的劫数啊！"像这样的"创作心迹"，我写满了三个厚厚的笔记本。

彭：入川之前，你的生活及写作是什么状态？

徐：我的生活可用四个字来概括：动荡，挣扎。入川之前，我先后辗转于广东、北京、武汉、重庆等地打工，编辑、送饭工、保安、苦力我都干过。我能够活下来，应该说是文学救了我。文学，是我的一根救命稻草，总是在我趴下的时候拉我一把。

我的写作分两个阶段。前一阶段以散文写作为主，其中散文《白瓶子 绿瓶子》《又是中秋月圆时》《田埂》《麦收》《歇六月》等篇什分别被《散文选刊》《读者》转载，系列散文《乡村事物》《乡村散板》《乡村漫记》《怀念一些厨具》《折不断的炊烟》先后被《青海湖》《北京文学》《作品》《四川文学》发表。2004 年后，开始有意识尝试中短篇小说写作，其中，中篇小说《芦花白，芦花飞》《半个月亮》被《小说选刊》《中华文学选刊》转载。在写《黑丧鼓》之前，已在省级核心期刊发表中短篇小说五十多篇，出版中短篇小说集一部，约一百万字。

彭：你作为一名湖北作家，最终归宿（落户）到巴蜀大地生活并写作，你对这片土地最深的感触是什么？

徐：包容，大气。四川有海纳百川的胸怀，是我的福地。

第八届四川文学颁奖不久，我听到一则有趣的传闻，说四川省作协在推荐参评第九届茅盾文学奖作品以及评选第八届四川文学奖的过程中，有人以我是"湖北籍作者写的湖北题材"为由取消我的参评资格。也就是说，我这部被赫然冠以"湖北省作家协会重点项目"的《黑丧鼓》，来参与"四川文学奖"评选，显然"不适合""不讨巧"。但最终，公正的专家评审组成员没有"排外"，而是只认作品不认人，把手中神圣的一票（长篇小说奖仅两部名额）投给了我这位并非"川籍"的基层作者。至今，以至将来，我不敢也不会忘记，巴蜀山川对我的恩泽。更令我惶恐感动的是，在隆重盛大的第八届四川文学奖颁奖晚会上，我作为获奖作家代表发言——"我感恩巴蜀大地用博大的胸怀接纳了我这个曾经四处漂泊流浪的湖北游子，让我融入永远都在行走着的'文学川军'！我感恩天府之国用天然丰沛的文学养分，滋养并哺育了我！我更感恩四川文学大省的良好文学生态，为我，也为我们四川作家创造了最给力的大舞台和新机遇！"——这都是我掏心窝子的话。大美四川！四川大美！入川十四年，四川作协给予了我莫大的关怀与支持，比如入选巴金文学院签约作家，比如获得第八届四川文学奖，比如2016年又力推我到鲁迅文学院第29届中青年作家高研班学习深造，等等，这一路走来，总有贵人帮我、扶我。所以，我说，大山大水的四川，是我永世感恩的福地！

彭：下一步有什么创作计划？

徐：四个月的鲁院学习充电归来后，我一直处于缓冲期，接着，又是三年的驻村扶贫。文学创作，说白了是急不得、等不得的事。急了，就会"躁"——心躁；等呢，就会"散"——气散。文学创作是一个"养"的过程，素材需要"养"，语感、文气都需要"养"。"养"好了，作品自然水到渠成。

彭：能谈谈你即将出版的散文集《麦浪漾起的村庄》吗？为什么起这样一个书名？

徐：《麦浪漾起的村庄》这部散文集，赓续了我的乡村情结，是一脉微微漾起的乡愁。这脉乡愁，一直滋养着我——有关生命的，灵魂的，文学的。同时，也是我与别人"不一样"的生活积淀和文学感悟。

至于给作品起这样一个书名，主要还是跟我的心性和审美品质有关。"麦浪"，在我看来，是一个颇具动感和质地的词汇，仿佛乡野自然生长的一幅水彩画。与其说"麦浪""漾"起的是乡村五谷丰登、六畜兴旺的意象，不如说"漾"起的是隐匿在每人心头的那份乡愁。而乡愁，正是乡村振兴的文脉与灵魂。